Wir wollten nur

die Wahrheit
schreiben

20 Jahre „literatur werk statt texte"

literatur werk statt texte
1. Auflage 2001

Herausgegeben von:
Literaturwerkstatt der
Volkshochschule der Stadt Biberach
88400 Biberach a.d. Riß, Schulstr. 8

Herstellung:
Books on Demand GmbH

Umschlaggestaltung: Heidi Danner

Inhaltsverzeichnis

Vorwort   6

fantastisch – spirituell – metaphysisch- ver-rückt – surrealistisch – rätselhaft

50 Monde	Heide Berger	9
Der Meister der Erfüllung	W. Baumbast	13
Der Brief	Th. Vögele	15
Der Wunsch	Monika Krüger	19
Die Alte	Th. Vögele	22
Bis zu jenem Tag	C. Ladwig-Siebenbrodt	29
Beim nächsten Mal	C. Ladwig-Siebenbrodt	31
Pfade	Th. Vögele	32
Der Spiegel	Th. Vögele	34
Affe im Livree	Th. Vögele	37
Hunters Moon	Susi Stigler	41
Der Blick	Wolfgang Weigelt	47

tag-nachtträumerisch - alptraumhaft

Tagtraum	Petra Schefold	50
Nieselregen	Rolf Holzapfel	51
Fliegen	Th. Vögele	53
Tief im Innern	C. Ladwig-Siebenbrodt	55
Schreck in der Morgenstunde	Heidi Danner	59
Halloween	Heidi Danner	61
Das Paradies	Rosi Raab	67
Das Karussell	Wolfgang Weigelt	69

märchenhaft - metaphorisch

Ein modernes Märchen	Heidi Danner	72
Das Lieblingsmärchen	Heide Berger	77
Korallenfinger	C. Ladwig-Siebenbrodt	79

Auf und davon	C. Ladwig-Siebenbrodt	83
Im Graswald	W. Moosmann	85
Fleischfresser	Sandra Single	88
Begegnung	Sandra Single	91
Feuersturm	Sandra Single	88
König Ätznatron	Gerhard Pahl	95
Bangkok	Edith Lückert	104
Der graue Dolch	Edith Lückert	106
Leben	Heide Berger	108
Liebe Mutter	Heide Berger	109

erotisch – lüstern – orgiastisch

Sarah die Sirene	Gerhard Pahl	111
Das erste Mal	Monika Krüger	116
Samstagabend	Monika Krüger	122
Der Blick in den Spiegel	Bettina Lindner	128

überraschend kriminell

Zwischen Ankunft und...	Heide Berger	130
Gespräch mit Schwester..	Susi Stigler	132
Der Auftrag	W. Nachbauer	135
Jenseits der Tür	W. Moosmann	140

beziehungs-weise

Schwarzumrandete rostbr...	Edith Lückert	143
Die Farbe Rot	Edith Lückert	144
Sturm	Edith Lückert	145
Unwiederbringlich	Edith Lückert	146
Zugfahrt	Heidi Danner	147
Mc Laughlin	Susi Stigler	151
Fasching	Rosi Raab	152

sarkastisch – gesellschaftskritisch – zukunftsorientiert

Einfremdung	W. Nachbauer	155
Heimweh	Monika Krüger	161
Angst-kalte Zeit	Monika Krüger	167
Die Bibel	Heidi Danner	173
Gut-katholisch	Wolfgang Weigelt	175
That´s life	Wolfgang Weigelt	178
Das Russenviertel	W. Baumbast	180
Das Lebensrettende	Heide Berger	187
Entweder – oder?	Heide Berger	188
Carola in der Dusche	Rolf Holzapfel	189
Eine nie endende Geschichte	Heide Berger	190

grauenhaft – rabenschwarz – finale grande

Das Versprechen	Bettina Lindner	193
Das Musikzimmer	Monika Krüger	196
Finale grande	W. Moosmann	205
Autorenübersicht		211

Fantastische Texte

20 Jahre Literaturwerkstatt

Mai 2001

Seit 1981 ist die Literaturwerkstatt der Volkshochschule
Biberach in ununterbrochener Reihenfolge offen für
Kursteilnehmer, die mit dem Schreiben anfangen oder darin
erfahren sind. Sie ist eine der am längsten bestehenden
Werkstätten Deutschlands und bietet eine breite Basis für
Schreibende jeder Stilrichtung.

Die Veröffentlichungsreihe „literatur werk statt texte" sowie
Lesungen und Textausstellungen zu verschiedenen Themen-
bereichen und Anlässen sind Arbeitsdokumentationen der
jeweiligen Gruppe und Herausforderung, sich der Frage zu
stellen, mit welchen Texten jeder Teilnehmer weitere
Schritte der „Veröffentlichung" gehen will. Dass dies nicht
nur Feierabendbeschäftigung ist, sondern auch kulturelle
Arbeit, zeigt sich erfolgreich bei Literaturwettbewerben und
Ausschreibungen durch Auszeichnungen und Preise für die
Teilnehmer.

Auch aus den kreativen und autobiografischen Schreib-
kursen der Volkshochschule Biberach fließen Texte in die
Literaturwerkstatt, um dort in konstruktiver Kritik und
gegenseitiger Anregung weiterentwickelt zu werden.
Wenn wir uns darauf einlassen, mit allen Sinnen zu
schreiben, ist der Weg frei für fantastische Texte. Sie fließen
aus dem Gesang der Wale, dem Betrachten von Bildern in
denen sich ein Kind verdreifacht, die Zeit sich auflöst.
Fabelhaftes, Traumhaftes, Sündhaftes und Seltsames kann
entstehen. Fantastische Texte sind grenzenlos frei!

Heide Berger
Leiterin der vhs-Kurse Literaturwerkstatt, Kreatives
Schreiben 1 und 2, autobiografisches Schreiben.

fantastisch – spirituell – metaphysisch –
ver-rückt – surrealistisch - rätselhaft

50 Monde

Als die Waffelbäckerin beschloss, sich der Lissaboner
Versuchung hinzugeben, war sie soeben im sechzehnten
Jahrhundert ihres Lebens angelangt, daher noch nicht
erfahren genug um geradewegs in den Garten der Lüste zu
gelangen. Sie betrachtete unentschlossen den Vogel Fenix, in
Gedanken seine Flugkraft prüfend, die sie oft schon in die
Lüfte erhoben hatte und sicher wieder zur Erde zurück
gebracht. Ihre Wangen röteten sich bei den Erinnerungen an
die unzähligen Male, die sie mit ihm feuerlohend zu Asche
wurde und wieder zum Leben erweckt, um erneut im Feuer
zu vergehen und sie beschloss, für diese nie zuvor gereiste
Reise einen anderen Weg zu wählen.
Sie blickte in den nachtblauen Himmel und sah die schmale
Rundung des Mondes der durch seine Form Zunahme
versprach, doch erst wenn die Zeit des Vollmond Tabus
gekommen war und dann würde es für sie zu spät sein, floss
sie doch mit jedem wiederkehrenden Blutzoll in das weitere
Jahrhundert.
Der seilschmale Dachfirst war gefahrlos zu begehen, wenn
sie den Sog des vollen Himmelslichtes wie einen
schützenden Mantel um sich sah und sie konnte ruhig und
sicher Fuß um Fuß voransetzen, bis sich der letzte ihrer
unzähligen Füße verwandelte, die hinter ihr gelassen
Wartenden mit sich nehmend, gleich einer Schar Gänse in
spitzer Formation das Licht verdunkelnd. Würde sich dies
wiederholen wenn sie das Wagnis einging, jetzt, da die Zeit
drängte, nur noch entschlossen erfahren werden konnte, mit
bloßen Händen fußlos die Hauswand empor, die sich unter
ihr auflösend den Duft von süßvanilligem Teig verströmte?
Das Wissen, danach nie mehr Hingebung an Versuchungen,
Gärten in Lissabon, nur noch das Feuer schüren,
eingeschlossen, die Waffelbäckerin.

Nie hatte sie geglaubt, dass Unmögliches sich erfüllen kann,
dass eine Annäherung erlaubt, ja erwünscht und gewollt
wurde. Eine eher ahnungsvolle Gewissheit, ohne die
sofortige Bestätigung der Sinne die sagten, du siehst, also ist
es wahr, ließ sie in die ihr vorbestimmte Richtung sehen und
mit hochgezogenen Nasenflügeln gegen den Wind wittern.
Der Geruch von etwas, das rotglühend heranwehte, das
Knistern und Knacken und Aufstampfen, die sich
erwärmende Luft verhießen Kommendes, das ungesehen
den Körper aufflammen ließ und weites, tiefes Atemholen
erforderte und geschlossene Augen.
Nicht fallen, nicht zaudern und zögern, nur in Erwartung
des Langersehnten. Nichts sehen wollen um zu beurteilen,
zu bewerten bevor es geschah, Annäherung zulassen ohne
zu sichern was sein wird, danach.
Näher und näher die Ahnung aufgeworfener Nüstern,
flammend fliehendes Lodern, näher und näher von allen
Seiten und doch nur im Angesicht dessen, was ungesehen
gewiss. Eingehüllt dann in tonloses Schreien von überall her,
versengen, verglühen, zurückbleiben ohne ein Haar das
gekrümmt, ausgesogen erfüllt.

Von weitem hörte sie Jauchzen, Lachen aus dem Dunkel des
Waldes. Unerwartet, nicht die Stille, sanftes Rauschen in den
Wipfeln, wenn sie den Pfad ging, der nun überwuchert. Die
Zeit, die inzwischen vergangen, kam ihr unendlich vor. Alles
war höher, dichter, fast undurchdringlich inzwischen, die
Lichtung weiter entfernt, als damals. Ihre Sicherheit
schwand, die Gewissheit ohne Zögern darauf zugehen zu
können, verlor sich, die Schritte wurden tastender, das
hörbar Werdende, Leben Anzeigende, war nicht das
Erwartete. Was, wenn sie von Anfang an nicht in die richtige
Richtung gegangen war, sich geirrt hatte, seit sie den ersten
Schritt getan, niemals an ihr Ziel kommen würde, das
Ersehnte unerreichbar war?

Sich anlehnen, sanft darüberstreichen, tiefen Einkerbungen
nachfühlen, Rundungen, verblassender Glanz, entstanden
durch Ausgesetzt sein. Erkennen, was sich veränderte, was
blieb, festhalten, um loszulassen. Das Schwert vom Gürtel
lösen, verlieren im Wissen, nur so gewinnen zu können. Das
Lachen, als sie die Suche aufgab, das Dunkel des Dickichts
lichtete sich, der Pfad führte klar und unverkennbar.
Er war, wo er immer schon gewesen, nun über und über
geschmückt mit Blütenkränzen, im Reigen um ihn herum die
Kinder im Festtagsgewand, Blumen im Haar. Die Stille, für
diesen Moment, die Augen groß zu ihr, schon wieder im
Jauchzen, im Lachen, ganz nah.

Die Zeit die vor ihr lag, wird selbst nachdem sie lange schon
vorbei, die gute Zeit genannt werden. Es war die Zeit, in der
alles möglich wird, ohne Begrenzung, Einengung und ohne
Zwänge, Nächte, in denen ihr fünf Monde begegnen
konnten, ein Kopffüßler am Himmel stand, um sehnsüchtig
die unerreichbare Frau mit den zwei Bauchnabeln mit seinen
Blicken aufzusaugen. Die Königin konnte unter die Dusche
gehen, ohne dass überall im Lande die Glocken läuten
mussten. Von Elfentüchern umhüllt entstieg sie dem Bade,
wie dereinst Susanna. Leon würde sich Karins Schlitten
anvertrauen, um beruhigt dem Ende des zwanzigsten
Jahrhunderts entgegen zu fahren und dem Ruf des Gartens
folgen, so wäre kein Verstummen angesagt, um den Lügen
zu entgehen, den eigenen und denen der anderen. Etwas
musste verrückt werden, um dem Geheimnis, das sich
dahinter verbarg, auf die Spur zu kommen, wie die gute Zeit
zu finden sei, verrückt zumindest in den Augen der
Außenstehenden, die ihre Zeit nur nach dem Ticken des
Zeigers zugeteilt bekamen oder vom Rinnen der Sanduhr.
Sie jedoch konnte fünfzig Monde in fünf Jahren wachsen
sehen und schwinden, wie ein- und ausatmen, an der
Tafelrunde teilnehmen, die nie den Kreis gesehen und sich
doch ganz und rund fühlen. Eingebunden im alleine Stehen

und zusammen Gehen, sich annähern, entfernen, die Tränen gemeinsam weinen, lachend umarmen, ineinander einfühlen und trotzdem nicht auflösen, verlieren.

Sie würde den anderen, Zurückgebliebenen, die ihrer eigenen Diktatur verfallen dem alten Trott nicht entkommen konnten oder wollten, hin und wieder einen Gedanken des Mitgefühls zukommen lassen, ansonsten aber keine Sekunde ihrer Zeit mehr umsonst vergeuden.
Sie sah das Ende des Weges auf sich zukommen, wissend es würden alle gleich sein, wenn der Tag sich verjüngend, jünger und jünger werdend, fast ungeboren, der Jüngste genannt würde. Die Schreckensbilder, entstanden aus alptraumhaften Visionen vor langer Zeit, die ungerufen ihren Kopf erfüllten und die unerwartet und doch in ständiger Bereitschaft lauerten, waren verblasst. Noch blieb die Erinnerung eines Gewesenen, die Gewissheit nun unerreichbar zu sein, da Glück und Glücklichsein jeden Winkel ihres Seins erfüllten.

Heide Berger

Der Meister der Erfüllung

Da erhob Lovas die Stimme und sprach zu all jenen, die sich um ihn versammelt hatten:

„...und es war einer unter ihnen, der hieß Ong Na, dem war es gegeben jeden Wunsch zu erfüllen, weil er nichts sehnlicher wünschte als alle Menschen glücklich zu machen. Und so versenkte Ong Na sich in die Herzen der Menschen und er erfühlte all ihre geheimsten Geheimnisse, denn er war ein großer Meister des Mitgefühls und der Erfüllung. All ihre Ängste wurden die seinen, alle Träume, Wünsche und Begierden teilten sich ihm mit und er suchte sie zu stillen. Wie die gute Fee im Märchen machte er Träume wahr, erfüllte er Wünsche, stillte er Begierden, war er nicht er selbst, sondern Schatten und Feind, Geliebter und Wohltäter. Er nahm alles willig auf sich, war Diener und Erfüllungsgehilfe, Werkzeug und Vollstrecker.

Allein das war kein Segen, denn so viele Wünsche die Menschen auch hatten, so viele wurden ihnen auch erfüllt, ohne dass sich je Zufriedenheit und wohlige Sättigung einstellte. Der Meister der Erfüllung erkannte wohl, wieviel oder wie wenig Erfolg ihm beschieden war, denn sein Wunsch, sie alle glücklich zu machen, verfehlte das Ziel. Und dennoch ließ er nicht ab Wünsche zu erfüllen, Träume Wirklichkeit werden zu lassen, Begierden immer wieder aufs Neue zu stillen.

Und der Segen wurde zum Fluch.

Jeder weiß, wie lange es dauert, bis ein Fluch sich auflöst. Sieben mal sieben jener Jahre da ihnen erfüllt wurde, was immer sie begehrten, dauerte die Zeit, in der die Menschen dahindämmerten, unfähig einen Traum zu verfolgen, einer Regung Ausdruck zu verleihen, triebhaftes Begehren

zuzulassen. Agonie legte sich über alles, bis auch das letzte
matte Glühen stiller Sehnsucht erlosch. Und auch Ong Na,
der Meister der Erfüllung verlor den Wunsch Gutes zu tun
und übte sich in Demut und Bescheidenheit, denn es gab
nichts mehr zu tun, als über die Ruhe und den Frieden zu
wachen, die nun einkehrten. Und in dieser Ruhe und in
diesem Frieden begann Ong Na darüber nachzusinnen,
warum es ihm nicht gelungen war, von all den Menschen,
denen er die geheimsten Regungen abgelauscht hatte, auch
nur einen einzigen glücklich gemacht zu haben. Es mag, so
erkannte er, daran liegen, dass ich wohl ein Meister der
Erfüllung bin, sie aber keineswegs Meister des Wünschens
sind. Ich werde, so entschloss er sich, mir einen Meister des
Wünschens suchen müssen.

Der Meister der Erfüllung begann also zu suchen und es
dauerte nicht lange, da begegnete ihm diejenige, die er zu
finden hoffte. Eigentlich dauerte die Suche nur einen
Augenblick, denn der Meister der Erfüllung traf unmittelbar
auf Na Ong, die Meisterin des Wünschens. Welch
vornehmeres Paar will je aufeinandertreffen? Beide fanden
sich im anderen als den Teil, der ihnen fehlte. Und so
begannen der Meister der Erfüllung Ong Na und die
Meisterin des Wünschens Na Ong neue Welten zu schaffen.
Die Meisterin des Wünschens dachte sich die ausgefallensten
Dinge aus und der Meister der Erfüllung gefiel sich darin
alles sofort auszuführen. Es war ein fröhliches, ein wildes,
ein ekstatisches Treiben. Sie steigerten sich in einen Rausch
von Schaffenskraft und Ideenreichtum. Und es entstanden
neue Universen und der ganze Kosmos musste sich immer
weiter ausdehnen um all die neue Vielfalt fassen zu können
und es wird, so heißt es, niemanden geben der diesen
Vorgang je beenden kann.

Wolfgang Baumbast

Der Brief

Lange steht Elias da und hält den Brief fest in seiner Hand.
Jetzt ist es als so weit!
Noch 4 Wochen.
Nur drei Dinge darf er mitnehmen.
Jeder, der in dieser Zeit lebt, bekommt in seinem Leben
irgendwann diesen Brief. Jeder weiß es, doch keiner redet
darüber.
Der, der ihn liest, ist danach verändert. Das Mitgefühl der
anderen ist ihm sicher.
Elias geht weiter zur Arbeit und lebt scheinbar wie bisher. In
seinen Gedanken jedoch beschäftigt ihn nur eine Frage:
„Was nehme ich mit?"
Drei Dinge sind erlaubt.
Er überlegt hin und her.
Nach Tagen, ein Gedanke, sein geflügeltes Pferd aus
Kindertagen muss doch noch irgendwo sein. Elias findet es
in einer alten Schachtel, sogar die Flügel lassen sich noch
bewegen. Er stellt es auf den Tisch. Dabei fällt sein Blick auf
die Steinsammlung. Tagelang überlegt er, entscheidet sich
heute für diesen und morgen für jenen. Glatte, polierte oder
eckig kantige, Auswahl hat er genug, doch er kann sich nicht
entscheiden.
Eines Morgens entschließt er sich, den ersten Stein der ihm
vor die Füße kommt, aufzuheben und auf den Tisch zu dem
geflügelten Pferd zu legen.
Am Abend liegen diese Dinge auf dem Tisch.
Und was jetzt noch?
Elias quält sich, überlegt hin und her.
Ein Bild?
Von wem?
Frauen gab es viele in seinem Leben, alle waren sie irgendwie
gleich.
Nein!
Seine Tochter?

Er kennt sie nicht. Sie wuchs bei professionellen Eltern auf, er wollte sich dieser Aufgabe nicht stellen, seine Freiheit und sein Beruf waren ihm wichtiger.

Der letzte Tag bricht an, das Unausweichliche ist in greifbarer Nähe. Er weiß nicht was ihn erwartet, es ist noch niemand zurück gekommen.

Einst gab es welche, die aufbegehrten, aber es nützte ihnen nichts.

Heute geht er nicht zur Arbeit.

Langsam packt er seine persönlichen Dinge in einen Koffer, in der Hoffnung doch noch etwas zu finden, das ihn begleiten kann. Müde setzt sich Elias darauf und denkt an seine Kinderzeit.

Da erhellt sich sein Gesicht, er verlässt sein Heim. Geht hinaus aus seiner, mit einer großen Kuppel abgeschlossenen Wohnanlage. Die Wächter am Tor lassen ihn durch, der Brief genügt. Fragen ihn nur, wann er zurück komme.

„Pünktlich, heute Abend," verspricht er.

Draußen ist die Landschaft wüst und leer, von der Sonne verbrannt.

Er geht in Gedanken zurück in seine Kinderzeit. Rasch findet er die Stelle, wo er heimlich als Kind spielte. Elias fängt sofort an zu graben und kurze Zeit später hält er den Splitter eines Spiegels in seiner Hand. Er macht sich auf den Rückweg und überlegt wie er seinen Schatz hinein schmuggeln kann. Es ist verboten Dinge aus der Außenwelt in die Wohnanlagen zu nehmen. Kurz vor dem Tor legt er den Splitter unter seine Zunge und betritt wieder die Welt, die er jetzt zu verlassen hat.

Zur rechten Zeit betritt er das Haus durch die schon geöffnete Tür.

Mit seinen drei Kostbarkeiten in der Hand durchschreitet er eine kleine Halle. An dem großen, aus zwei Flügeln bestehenden Holztor begrüßt ihn freundlich ein schwarz gekleideter Mann. Der Wächter lächelt ihn an und öffnet

einen Flügel gerade so weit, dass er hindurch gehen kann.
Ein kleiner Lichtkegel in der Ferne durchbricht die
Dunkelheit und zeigt ihm die Richtung in die er sich wenden
muss. Schnell geht er darauf zu und wagt kaum zu atmen.
Im selben Augenblick, als er seinen Fuß in den kleinen vom
Licht erhellten Kreis stellt, wird das Licht stärker. Langsam
vergrößert sich der Lichtkegel, zieht über die dunklen
Holzbohlen, bis er an den Wänden ankommt, um dann
daran hinauf zu gleiten. Er sieht mit Staunen die Weite des
Raumes. Als er seinen Blick vom Boden zur Wand richtet,
sieht er sich selbst.
Hastig dreht er sich nach allen Seiten, doch es ist immer
wieder nur er. Der Schrecken lähmt seine Glieder. So wie er
ist, wie er war und wie er hätte sein können. Unbarmherzig
offenbart sich sein Leben. Das was in seinen Lebenstagen
nacheinander von ihm erfahren und gelebt wurde, ist jetzt
gleichzeitig da. Kurz vor der endgültigen Verzweiflung
schiebt sich ein Bild aus Kindertagen in sein Herz. Damals
glaubte er noch, sobald er seine Augen schließe, wäre er
unsichtbar. Und wie damals schließt er seine Augen. Sofort
umgibt ihn wieder Dunkelheit. Lange steht er so da, sein
Herzschlag und sein Atem beruhigen sich wieder. Ein leiser
warmer Lufthauch weht ihm ins Gesicht. Er hebt seine
Augenlieder ein wenig an, gerade so viel, dass er den Boden
auf dem er steht, sehen kann. Er sieht den Saum eines
weißen Gewandes den Boden berühren. Langsam öffnet er
seine Augen weiter und erkennt vor sich eine Gestalt, die bis
auf das Gesicht verhüllt ist. Die Ruhe, die diese Person auf
ihn überträgt, steht im Widerspruch zu dem in keinem
Augenblick ruhigen Gesicht. Mal ein Kind, dann eine Frau
und dann ein Mann. Ständig wechselnde, ineinander
fließende Gesichter. Ohne ein Wort zu sprechen stehen sie
sich gegenüber. Dann endlich öffnet die Person den Mund
und eine Stimme, die die Worte wie auf einer Welle zu ihm
gleiten lässt, spricht sanft zu ihm.

„ Nicht viele sind es, mit denen ich reden kann. Die meisten
finden ihre Erlösung nur in der Ohnmacht, die der
Verzweiflung folgt."
Elias kann seinen Blick nicht von diesem sich ständig
wechselnden Anblick nehmen.
„ Hast du deine Stimme verloren? So komm, wir suchen sie
gemeinsam."
Endlich löst Elias sich aus der Verwunderung:
„Wohin muss ich jetzt gehen?"
„Das entscheidest du selbst, hinter jeder Tür geht es weiter."
Dabei zeigt die Gestalt mit ihrem Arm, nur die Fingerspitzen
ragen dabei aus den Ärmeln hervor, auf die Spiegel an den
Wänden. Auch die Hände wechseln ständig ihr Aussehen im
Gleichklang mit dem Gesicht. Erst jetzt sieht Elias die
Spiegel, die Wände und Decke bekleiden und die vielen
Türen. Mit Erstaunen erkennt er sich mit seinen drei
Schätzen in der Hand in den Spiegeln. Jedoch die Gestalt
vor ihm spiegelt sich nicht.
„Du hast alle Zeit der Welt dich zu entscheiden."
Die Gestalt zerrinnt vor seinen Augen und Elias macht sich
auf den Weg. Er öffnet eine Tür, sieht hinein, wartet,
schließt sie wieder, geht zur nächsten und dann weiter zur
nächsten, geht wieder zurück.
Warum sich beeilen?
Er hat ja alle Zeit der Welt!

Theresa Vögele

Der Wunsch

Sie wünschte sich nichts sehnlicher als ein Wunder. Nicht
eines der ganz großen sondern nur ein klitzekleines wie sie
auf manchen Kalendern als Sprüche zu finden sind – ein
Lächeln, eine Geste, ein Licht, das ihr ein Stückchen
leuchten würde. Sie wusste nicht, was sie sonst noch tun
konnte. So ist dieser Wunsch in ihr so groß geworden, dass
er sie vollständig ausfüllt. Wenn sie das Haus verlässt, was
nur noch selten vorkommt, folgt er ihr, wenn sie auf dem
Sofa sitzt und ein Buch liest, hockt er neben ihr auf der
Lehne und grinst sie an. Er ist ihr unsichtbarer Mitbewohner
geworden. Manchmal ertappt sie sich dabei, wie sie mit ihm
redet, ihm von ihrer Kindheit erzählt, von ihren Träumen
und Sehnsüchten. Und der Wunsch hört ihr geduldig zu. Er
unterbricht sie nicht, tadelt sie nicht und lässt ihre Gedanken
nicht klein erscheinen. Nachmittags zieht sie sich meistens in
ihr Schlafzimmer zurück. Seufzend schließt sie dann die
vergessenen Fensterläden um die flirrende Hitze
auszusperren. Die weiße Tagesdecke verwandelt sich in
Licht und Schatten und der Ventilator brummt beruhigend.
Müde legt sie sich dann aufs Bett und wünscht sich
manchmal, der Wunsch wäre nie in ihren Gedanken
entstanden. Doch beim Einschlafen entgleitet er ihr wieder
und wenn sie am späten Nachmittag erwacht, dann ist der
Wunsch wieder neben ihr, hilft ihr beim Ankleiden und
begleitet sie in die Küche wo sie sich ein Glas Eistee holt.
Jetzt ist die Luft draußen schon etwas angenehmer und sie
schlendert hinaus auf die Terrasse. Von der Terrasse aus hat
sie einen weiten Blick auf das azurblaue Meer. Sie kann nicht
die Wellen hören, die unaufhörlich auf die Steilküste
klatschen, aber sie kann das Salz riechen und sie lauscht dem
Kreischen der Möwen, als wenn diese ihr Geschichten zu
erzählen hätten. Weit draußen schaukeln ein paar bunte
Flecken auf den Wellen und weiße Wolken türmen sich am

Horizont. Doch ihr erscheint das alles unerreichbar weit
entfernt. Dabei müsste sie nur durch den Garten laufen, das
quietschende Tor öffnen und die vielen Stufen hinabsteigen.
Am Ende der Stufen führt ein schmaler Pfad zwischen den
Bäumen zum Strand. Aber sie bleibt auf der Terrasse sitzen
und beobachtet die Sonne, wie sie im Meer versinkt. Einmal,
vor ein paar Wochen war sie zu dem kleinen Tor gegangen
und hatte es zaghaft geöffnet. Die Stufen lagen alt und
verwittert und verlockend vor ihr. Sie flehten die Frau an sie
zu betreten, aber eine innere Stimme flüsterte ihr zu, sie
würde alles verlieren, wenn sie hinunter zum Meer liefe. Ihr
Herz hatte wild angefangen zu klopfen und sich erst wieder
beruhigt, als sie das Gartentürchen schloss. Seitdem ist sie
nie wieder so weit in den Garten hineingegangen. Dafür hat
sie einen zweiten Stuhl für den Wunsch auf die Terrasse
gestellt. Es ist ein alter Schaukelstuhl, in dem sie fast
versinkt, aber für den Wunsch hat er genau die richtige
Größe. An Abenden, wenn der Wunsch mir ihr und mit sich
zufrieden ist, kann sie ihn sehen und hören. Er schaukelt
geräuschvoll in seinem großen Stuhl und lacht leise vor sich
hin. An solchen Abenden geht sie früher zu Bett, denn sie
hofft, er würde noch länger dort draußen sitzen bleiben und
den Abend genießen. Und manchmal, an den Abenden an
denen sie glaubt, ihr Leben nicht mehr ertragen zu können,
tut er das auch. Er hat ein Gespür für ihre Stimmungen
entwickelt. Dann freut sie sich diebisch, ihr Bett vollständig
für sich alleine zu haben.
Später dann, nach vielen Jahren, als die Frau schon lange
nicht mehr in der Villa über den Stufen gesehen worden ist,
kommen manchmal ein paar neugierige Kinder in den
verwilderten Garten. Die Erwachsenen meiden das Haus
und hinter vorgehaltener Hand werden unheimliche
Geschichten erzählt. Die Kinder aber freuen sich über die
unheimliche Atmosphäre, necken sich und erzählen sich
Gruselgeschichten. Die ganz mutigen steigen hinauf bis zur
Terrasse um das Auf und Ab des riesigen Schaukelstuhls zu

beobachten und wenn sie sehr viel Glück haben, können sie
sogar ein Lachen hören. Aber sie berühren den
Schaukelstuhl nie.

Monika Krüger

Die Alte

Gebeugt zwängt sich die alte Frau durch die belebte Fußgängerzone. Rücksichtslos gestoßen und beiseite gedrückt zwingt sie einen Fuß vor den anderen. Obwohl jeder Schritt schmerzt ist kein Zögern in ihrem Gang erkennbar. Als Anna endlich dem Menschenstrom entkommt, atmet sie erleichtert auf.
Es ist September und schon etwas kalt.
Heute ist ein besonderer Tag. Über dem bunten Sommerkleid trägt sie ihren schwarzen Wintermantel. Es ist ihre Festtagskleidung. Neu ist sie nicht, aber sie hat sie einmal selbst neu gekauft. Meistens hatte sie die abgetragenen Sachen von den verstorbenen alten Leuten aus ihrem Dorf bekommen.
Anna weiß, sie würden bald nach ihr suchen. Im Altersheim waren sie sehr erbost, als sie letzte Woche erwischt worden war. Eine Altenpflegerin hatte sie am Stadtrand zufällig gesehen und dann mit fester Hand in ihr Auto geschoben. Schwester Maria-Burga, die Oberin des Altenheims, hatte schlimm mit ihr gescholten und ihr angedroht, sie in ihr Zimmer einzuschließen, sollte sie es noch einmal versuchen. Schon deshalb muss sie heute an ihr Ziel kommen!
In den fünf Jahren, seit denen Anna in diesem Heim wohnt, ist sie nicht glücklicher, aber auch nicht unglücklicher als zuvor. Mit einem Gleichmut, den die Menschen im Dorf nicht verstanden, durchlebte sie ihre Tage ohne Freude. Sie erwartete vom Leben nichts mehr und das änderte sich auch im Heim nicht. Anna blieb die komische alte Frau, die nie sprach,. die mit fünfzig wie eine Siebzigjährige aussah und heute mit zweiundsiebzig sich nichts mehr wünschte, als den Ort ihrer Sehnsucht zu erreichen.
Als sie den Stadtrand erreicht, wird ihr Schritt schneller. Immer wieder schaut sie zurück. Um von der Straße weg zu kommen, geht sie quer über die Wiese, direkt auf den Wald zu. Sie erreicht die ersten Bäume und verschnauft ein wenig.

Von hier aus kann sie den Kirchturm und die Dächer ihres
Dorfes sehen. Aus Angst erwischt zu werden, gönnt sie sich
nur eine kurze Pause. Nach längerem Suchen findet sie den
Weg, der in den Wald hinein führt. Die drei Eichen, die an
der Weggabelung stehen, einst jung und mit schlankem
Stamm sind zu mächtigen Wächtern des Weges geworden.
Die Risse in der Rinde, die Wucherungen an den Stämmen
und im Geäst, lassen die Jahre erahnen, die sie hier schon
Wache halten. Anna hat gesehen, wie sie jedes Jahr ein Stück
mächtiger wurden. Der schmale Hohlweg ist kaum befahren,
das Gras kniehoch gewachsen. Immer wieder verheddern
sich Annas Beine darin. Sie ärgert sich, dass sie ihren Stock
im Heim gelassen hat. Immer schmaler wird der Weg und
manchmal stolpert sie über herumliegende Äste.

Müde geworden steht sie vor dem kleinen See. Am Ufer
reichen die langen Zweige der Hängeweiden bis ins moorige
Wasser. Die alte Eiche weist ihr den Weg zum schmalen
Pfad, der am See entlang zur Hütte führt. Dann ist sie
endlich da!
„Ich habe es geschafft", sagt sie laut und wischt sich die
Tränen aus den Augen. Die Hütte ist verfallen. Das Dach ist
eingestürzt. Von der kleinen Veranda sind nur noch
morsche Bretter übrig. Brombeergestrüpp und Brennnesseln
decken alles zu, nichts erinnert mehr an den einst schönen
Platz. Wilde Rosen zerkratzen Annas Beine. Endlich, auf
einem morschen Stamm, findet sie Ruhe.

Sie denkt an ihn.
Anfangs ist das Bild noch verschwommen und unklar. Doch
je mehr sie in der Erinnerung sucht, desto deutlicher
erscheint ihr sein jugendliches Gesicht.
Er war öfters bei ihren Nachbarn zu Besuch. Sie mochte ihn
gleich. Seine großen dunklen Augen und sein herzliches
Lachen zogen sie in seinen Bann. Das war ihren Eltern nicht

recht. Sie verboten ihr den Umgang mit ihm. Als der Krieg ausbrach kam Hans immer seltener.

Anna die ihrer Mutter auf dem Feld bei der Heuernte half, sah ihn eines Tages am Waldrand stehen. Sie vergaß die Arbeit und lief ihm entgegen. Ausgelassen scherzten und lachten sie miteinander, bis lautes Rufen Anna an ihre Pflicht erinnerte. „Ich komme wieder!" So verschwand er. Die Mutter schimpfte und verpasste ihr eine Ohrfeige. Anna weinte nicht.

Im letzten Kriegsjahr, Anna war gerade Zwanzig geworden, sahen sie sich wieder. Er wartete am Abend nach der Messe etwas abseits, halb versteckt hinter der Linde. Anna sah ihre Mutter an und dann ihn. Noch Jahre später wusste sie nicht, warum sie es tat, es musste wohl so sein. Mit klopfendem Herzen machte sie die ersten Schritte in seine Richtung, um dann los zu rennen und außer Atem bei Hans an zu kommen. Er legte seine Hände fest um ihre Hüften und sagte ganz ruhig:

„Ich bin nur drei Tage hier und wenn du willst schenke ich sie dir!" Sie nickte nur und beide verschwanden in der Dunkelheit. Sie hörten noch den Ruf der Mutter: „Wehe, wenn du nach Hause kommst!"

Hans führte Anna tief in den Wald hinein. In einer kleinen Lichtung lag der See an dessen Ufer eine Hütte stand, die für drei Tage zu ihrer Zuflucht wurde. Anna war schüchtern und ohne Erfahrung in der Liebe. Die herzliche und unkomplizierte Art mit der Hans um sie warb gefiel ihr. Sie fühlten sich beide tief verbunden. Bald waren die drohenden Worte der Mutter vergessen. Der Krieg war weit weg. Als Hans ihr zeigte wie schön Liebe sein kann, legte Anna die letzte Scheu ab. Seine Liebkosungen ließen Anna dahinschmelzen. Als sie sich vereinigten, glaubten sie im Himmel zu sein. Die beiden lachten miteinander, badeten in dem moorigen Wasser und aßen Brot und Käse. Dazwischen küssten sie sich und tauschten Zärtlichkeiten aus, von denen Anna nicht einmal zu träumen gewagt hatte.

Anna spürte, dass sich so etwas nicht schickte, trotzdem
vergaß sie alles. Sie lagen am hellen Tage nackt auf der
Veranda, liebten sich und schämten sich nicht.
Es wurde Zeit, das kleine Paradies zu verlassen. Hans
versprach: „Ich komme wieder." Er nahm sie in die Arme
und gab zu, dass er befürchtete, zu Hause würden sie Annas
Wegbleiben bestrafen. „Den Kopf werden sie mir schon
nicht abreißen", Anna wollte nicht nur Hans die Sorge
nehmen. Danach gingen sie Hand in Hand zurück . Nach
vielen mit Tränen durchweichten Küssen trennten sie sich
am Waldrand. Anna schaute ihm nach, bis er ihr aus der
Ferne noch ein letztes mal zuwinkte.

Der Kopf wurde ihr nicht abgerissen, aber sie musste
arbeiten bis zum Umfallen. Es machte ihr nichts aus. Dann
fiel Onkel Karl, ein Bruder der Mutter, in einer Schlacht.
Trauer überschattete das Haus und Anna wurde in Ruhe
gelassen.
Nach Wochen spürte sie Leben in sich, sie war unendlich
dankbar und glücklich darüber. Als Mutter es bemerkte,
wurde Annas Leben zur Hölle. Alle Beschimpfungen und
Ohrfeigen hielt sie aus, der Gedanke an das Kind von Hans
gab ihr die Kraft dazu.
Anna weigerte sich beharrlich, zur Beichte zu gehen. Onkel
Franz sollte helfen. Zuerst versuchte er es mit freundlichem
Ton, aber sie blieb stur. So drohte er mit Gottes Strafgericht.
Anna schwieg, presste ihre Lippen zusammen und dachte an
den Satz, den sie Hans zum Abschied gesagt hatte: „Ich
weiß, es wird alles gut werden." Schließlich zog der Priester
einen breiten Ledergürtel unter seiner Soutane hervor: „ Ich
tue das nicht gerne, aber der Teufel muss in dir stecken und
den werde ich dir jetzt austreiben!" Dann schlug er zu, so
lange, bis Anna am Boden lag und die Mutter eingriff.
Stunden später, im Bett, kamen die Bauchschmerzen. Ihr
Schrei weckte das ganze Haus, die Mutter war als erste da.
Das Bett war voller Blut. Darin lag ein kleines Wesen, das

einmal ein Mensch werden sollte. Anna überlebte, dank eines alten Arztes, der am Ort wohnte. Tagelang weinte sie, schrie sich die Seele aus dem Leib. Als sie keine Kraft mehr hatte, fiel sie in einen schweren, unruhigen Schlaf. Als sie erwachte schwor sie, erst wieder zu sprechen, wenn Hans sie holen würde. Sie blieb von diesem Tag an stumm.

Als der Krieg zu Ende ging hoffte sie auf ein baldiges Wiedersehen mit Hans. Sie wartete, vergeblich. War er tot oder hatte er sie vergessen? Sie erfuhr es nie.

Nach dem Tod der Eltern bewirtschaftete sie alleine den Hof weiter. Als sie spürte, dass sie es nicht mehr schaffte, verkaufte sie alles auf Rentenbasis. Sie behielt das Wohnrecht auf Lebenszeit für ein kleines Stübchen. So hatte sie ein Zuhause. Als der neue Bauer das Trinken anfing, blieben die monatlichen Zahlungen immer öfters aus. Am Ende verblieb ihr nur das kleine alte Häuschen und eine spärliche Rente.

Jedes Jahr im Sommer verschwand sie für drei Tage, aber das wurde nicht bemerkt. Als sie immer wunderlicher wurde, beschloss der Bürgermeister, sie ins Heim zu geben. Im Januar bezog sie ein kleines Zimmer im Altersheim in der nahegelegen Stadt.

Die Aufregung war dort groß, als sie im Juni für drei Tage verschwand. Nachdem sie wieder zurück war, wurde ihr ans Herz gelegt, so etwas nie wieder zu tun. Im folgenden Jahr, wieder im Juni, schob sie den Besuch bei einer Schulkameradin in ihrem Heimatort vor. Nachdem sie im vierten Jahr sehr verwirrt und verschmutzt zurück kam, stellte die Heimleiterin Maria-Burga Nachforschungen an. Doch Anna gab ihr Geheimnis nicht preis, sie blieb stumm und lächelte nur.

Im darauf folgenden Jahr, als es wieder auf Juni zuging, ließen sie die Schwestern nicht aus den Augen. Sobald Anna ihr Zimmer verließ, folgte ihr jemand. Es schien, als ob es dieses Jahr keinen Besuch von ihr bei der Hütte geben würde.

Wochen später fand ein Angler die Tote vor der verfallenen
Hütte.
Schwester Maria-Burga war froh, das Bett wieder belegen zu
können. Es gab niemanden der ihre Sachen abholte. Ihre
Kleider wurden an die anderen Heimbewohner verschenkt.
Die wenigen persönliche Dinge, wie einige Fotos von ihr
und ein altes abgegriffenes Heft, fanden in einem
Schuhkarton Platz.

Im Heim war wenige Tage zuvor ein alter Pfarrer
eingezogen. Er wollte hier seinen Lebensabend verbringen,
für die alten Menschen die Messe abhalten und ihnen die
Beichte abnehmen. Als er von der Toten erfuhr und von
dem Ort hörte, wo sie gefunden worden war, fragte er bei
Schwester Maria-Burga nach. „Ja, sie wurde im Wald bei
einer verfallenen Hütte gefunden. In der Nähe eines Sees,
nicht weit weg von ihrem Heimatdorf. Nein, sie war nie
verheiratet, aber irgend etwas muss in ihrer Jugend
geschehen sein, denn seit ihrem zwanzigsten Lebensjahr hat
sie kein Wort mehr gesprochen. Natürlich können sie ihre
Sachen einsehen, es ist nicht viel, was sie zurück ließ." Dabei
drückte sie ihm einen Schuhkarton in die Hand. Auf seinem
Zimmer brauchte der Pfarrer lange bis er den Mut fand, ihn
zu öffnen. Das Mädchen auf dem vergilbten Foto war Anna!
Das abgegriffene Heft lag zwischen anderen Schriftstücken.
Die Schrift war klein, doch sehr akkurat, das Papier hatte
Stockflecken. Nach den ersten Zeilen sah er alles vor sich,
ihr Gesicht, den weichen Körper. Ihm war als spürte er ihre
Küsse. Seine Tränen fielen auf das Heft. „Anna", schrie es
aus ihm heraus, „wie furchtbar kann das Leben sein! Hätte
mir doch die Granate das ganze Leben genommen und nicht
nur meine Männlichkeit zerfetzt! Ich konnte doch so nicht
zurück zu dir."
Als eindringliches Klopfen und Rufen nichts half, öffnete
der Hausmeister die Tür. Am Tisch saß der Pfarrer,
vornüber geneigt, den gebrochenen Blick auf das vergilbte

Foto gerichtet. „Herzschlag", sagte der hinzugekommene Arzt.

Anna hatte es geschafft und wartete an der Hütte auf Hans. Ihre ersten Worte nach so vielen Jahren waren: „ Ja ich will!"

28

Theresa Vögele

Bis zu jenem Tag

Es war wieder ein arbeitsreiches Jahr gewesen, fast jeder
Abend verplant. Gab es ein paar Stunden ohne Termine,
wurden diese verbummelt, weil man viel zu müde war sich
noch auf Konkretes einzulassen. Die Gespräche
beschränkten sich auf das Notwendigste und all die Bücher
die immer schon gelesen werden wollten, stapelten sich in
den Regalen. Da kam der Segelurlaub gerade recht. Vier
Wochen auf See und Zeit unendlich. Wir bevorrateten das
Schiff reichlich mit allem was uns nötig erschien. Es war
herrlich. Mit jedem Tag, der uns weiter von zu Hause
forttrug ging es uns besser, war uns wohler zu Mute in der
frischen Brise, die uns begleitete. Wir kamen flott voran. Bis
der Tag kam als es keinen Wind mehr gab. Kein Lüftchen
regte sich und wir dümpelten dahin. Wie bestellt lag diese
kleine Insel im Wasser, wo wir Halt machten und uns
umsahen. Es fand sich eine Unterkunft in die wir alle
Vorräte schafften. Wir richteten uns ein. Wenige Menschen
gab es dort aber zum Leben reichte es. Hier sollte man für
immer bleiben können. Dieser Gedanke ließ uns nicht mehr
los. In der folgenden Nacht gab es einen Sturm und am
Morgen danach war das Boot nichts mehr wert. Was nun?
Der Gedanke zu bleiben, wenn man jederzeit wieder gehen
kann, ist reizvoll. Keine Möglichkeit mehr zu haben von
dieser Insel wegzukommen ist ein anderer. Die anfängliche
Panik legte sich, man arrangierte sich. Die Zeit verging, aber
sie hatte Inhalt. Das Wort ‚schnell‘ verschwand aus unserem
Vokabular. Alles verlief gemächlich, hier tickten die Uhren
anders. Je mehr Zeit ins Land zog desto mehr lebten wir
unseren Traum. Jeder auf seine Weise.

Bis zu jenem Tag, an dem ich für mich am Strand bummelte
und diese Flasche entdeckte, grün und fest verschlossen. Mit
zittrigen Fingern fischte ich sie aus dem Tang und versuchte
zu sehen was drin war. Sie enthielt tatsächlich ein Blatt

Papier. Sollte ich öffnen? Natürlich würde ich. Ich kostete
meine Neugierde bis an die Grenze, sprang bald auf mit der
Flasche im Arm die Neuigkeiten heim zu tragen. Ich hüpfte
über die Klippen an Land. Als ich mich noch einmal
umdrehte, sah ich die Flasche in die felsige Brandung fliegen,
wo sie völlig unspektakulär zerbrach.

Chris Ladwig-Siebenbrodt

Beim nächsten Mal

Ich habe Glück gehabt. Ich komme obenauf zu liegen. Nun liege ich da, habe Luft zum Atmen, kann mich bewegen und fühle mich frei. Das ist nicht immer so. Manchmal kommt es vor, dass ich mich mittendrin befinde. Dann fehlt es an Platz und an Luft und ich sehe überhaupt nichts. Das macht Angst. Aber wenn es beim nächsten Mal wieder glatt läuft, ist die unangenehme Lage in der ich mich befunden hatte, schnell wieder vergessen. Hoffentlich können wir noch lange so liegen bleiben. Ich fühle mich wohl, habe Arme und Beine von mir gestreckt und denke überhaupt nicht an die unter mir Liegenden und an ihre Pein. Ich schaffe es sogar, mich gedanklich an meinen geheimen Strand zu legen, die Sonne zu genießen und wundervoll abzuschalten. Nur ja nicht los lassen, nur lange in diesem Traum leben.

Was bedeutet Zeit? Schon werden wir durcheinander geschüttelt und der Kampf beginnt erneut. Jeder kämpft für sich, strampelt, boxt und schreit. Am schlimmsten ist es jedes Mal, wenn wir in flottem Tempo durch diese Enge rutschen. Währenddessen kann man überhaupt keine Luft holen und jedesmal schlägt der kleine Körper wie betäubt unten auf. Dann gilt es sich zu orientieren.

Wieder Glück gehabt. Ich liege oben. Aber ich bin verwirrt. Wo ist oben, wo ist unten? Was passiert mit mir beim nächsten Mal, wenn ich haltlos in die Tiefe sausen muss? Und überhaupt, wie lange will ich das noch mitmachen?

Chris Ladwig-Siebenbrodt

Pfade

Die Vollmondnacht ist eiskalt und klar.
Die Landschaft tief verschneit und weit, ohne Spuren
menschlichen Lebens.
Trotzdem ist ein Mensch alleine unterwegs.
Er ist müde und sein Weg ist noch weit.
Beharrlich geht er mit sicherem Schritt.
„Immer weiter", spricht er leise vor sich hin.
Nur selten hebt er seinen Blick um ihn über die unendliche
Weite der Ebene streifen zu lassen.
Tannenwälder, die Inseln gleichen, erheben sich aus der
glatten Fläche des dahin gewehten Schnees. Die vom Wind
abgewandte Seite der Tannen ist erstarrt vom fliehenden Eis.
Er geht eingehüllt in einen warmen Mantel, die Hände in
den Taschen, den Kopf tief in den Kragen gezogen.
Die Kälte sticht in sein Gesicht, um Mund und Nase bilden
sich Rauhreif.
„Weiter, immer weiter, einen Schritt vor den anderen."
Sein Schritt wird schwerer.
Die anfangs so wohltuende Stille wird zur unerträglichen
Last.
In der Weite erspäht er sein Ziel. Das Dorf liegt tief
schlafend am Horizont und wartet auf ihn.
Trotzdem er innerlich noch warm ist, spürt er, wie die Kälte
durch die Kleidung dringt.
„Nur weiter, dort wo ich ankomme, wartet Wärme auf
mich."
Der Mensch macht sich Mut, lässt sich in der Vorausschau
am heimischen Herd nieder. Dann fühlt er sich wieder allein
gelassen in der Weite.
Den Kopf zur Erde geneigt geht er seinen Weg.
Da entdeckt er die frische Spur eines Wanderers in der
Nacht.
„Jetzt wird es gut, ich bin nicht mehr allein."

Manchmal fallen ihm die Augen zu. Nur die Angst, er könne
die Fußabdrücke des anderen verlieren, geben ihm die Kraft,
sie wieder zu öffnen.
Der Kopf kämpft mit den Füßen, noch folgen sie ihm.
„Geht geht weiter, meine Füße."
Die Spur wird breiter. Allein der Gedanke an die Menschen,
die diesen Pfad getreten haben, beschleunigt seinen
erlahmenden Schritt.
Nicht lange und er kämpft wieder um jeden Meter.
Der Mensch ist müde, er ist es leid, er will nach Hause an
wärmende Feuer.
„Schlafen, hinein fallen ins Nichts."
Sein Atem geht schwer, doch er kämpft sich weiter.
Der Weg wird immer tiefer, er verschwimmt vor seinen
Augen.
„Schlafen, weiter, schlafen, weiter."
Seine Füße tragen ihn, ohne sein Zutun.
„Bald, bald bin ich zu Hause, bald...bald...."

Eine aufgeregte Stimme meldet sich über den Notruf bei der
Polizei.
„Ich beobachte schon eine Weile eine Person in meinem
Garten. Die geht dauernd im Kreis herum, der Tiefe der
Spuren nach muss sie das schon seit Stunden tun."

Theresia Vögele

Der Spiegel

Jeden Morgen, bevor sie das Haus verließ, blieb sie eine
Weile vor dem Spiegel in der Diele stehen.
Er war nicht befestigt, sondern lehnte nur an der Wand. Mit
seinem breiten, mit goldfarbenen Ornamenten verzierten
Rahmen erreichte er fast die Decke.
Sie schaute hinein und war zufrieden mit der Person, die sie
dort sah. Kam sie von draußen zurück, so war es das Erste
was sie tat, sie blieb davor stehen. Die, die ihr dort entgegen
lächelte, war die, die sie zu sehen wünschte.
Das war nicht immer so.
Damals, an jenem Abend als er zu ihr sagte:
„Es tut mir wirklich leid, aber du musst es ja irgendwann
erfahren...", er wurde verlegen und hüstelte einige Male, bis
er weiter sprach: „...ich liebe eine andere und gehe zu ihr."
Es traf sie aus heiterem Himmel, so dass der Schmerz ihr die
Lippen verschloss. Ein schlechtes Gewissen hatte er
vielleicht noch dabei, als er sagte: „Es tut mir wirklich leid,
aber ich muss dir sagen, du wirst langsam alt."
Dann packte er seine Sachen und ging.
Da saß sie nun, erstarrt von den Worten, die sie eben gehört
hatte, war festgeklebt in Erinnerungen.
„Du wirst alt", hämmerte es in ihrem Kopf und bestimmte
von da an ihr Handeln. Sie zog sich zurück. Ihr Beruf ließ es
zu, dass sie es nur mit wenigen Menschen zu tun hatte. Eine
kurze Anweisung vom Chef, ansonsten zog sie sich in ihr
Büro zurück und erledigte gewissenhaft ihre Arbeit.
Sie beschloss immer die gleiche zu bleiben.
Irgendwann fing sie an, in Antiquitätenläden zu stöbern. Sie
suchte etwas, ohne zu wissen was. Als sie in allen Läden der
Stadt nichts fand, schlich sie abends durch die Straßen. Sie
durchsuchte den Sperrmüll der ganzen Stadt. Vor einem
alten Haus aus der Jahrhundertwende wurde sie schließlich
fündig. Sie fragte nicht nach, ob sie es mitnehmen durfte, sie
tat es einfach.

Das, was sie mitnahm, hatte einen mit goldfarbenen
Ornamenten verzierten Rahmen. Es war groß. Zu groß für
sie, um es alleine nach Hause zu bringen. So musste sie doch
noch einmal einen Menschen um etwas bitten.
Zu Hause lehnte sie ihren Spiegel nur an die Wand in der
Diele. Sie wollte niemanden mehr um etwas bitten müssen.
Eine andere Zeit begann.
Die Hintertüre ihres Hauses schloss sie ab und warf den
Schlüssel weg. So war sie gezwungen, immer durch die Diele
zu gehen.
Solange sie zur Arbeit ging, war der Blick in den Spiegel nur
ein kurzes Verweilen.
Die erste Möglichkeit in Rente zu gehen nutzte sie. Nun
hatte sie genug Zeit, um zu prüfen, ob sie immer dieselbe
blieb.
Die Besorgungen außer Haus erledigte sie zu Zeiten, an
denen sie so wenige Menschen wie möglich zu treffen
hoffte. Den Blick gesenkt, mied sie spiegelnde
Fensterscheiben. Dort, wo andere sich länger aufhielten, um
ihr Aussehen zu korrigieren, ging sie eilend vorbei. Sie ging
nur einmal pro Woche zum Metzger, zum Bäcker und in den
Lebensmittelladen. Irgendwann erkannte sie, dass sie auch
ohne Gemüse und Fleisch leben konnte. Das Brot hielt sich
eine Woche. So kaufte sie jeden Freitag um 6.30 Uhr immer
in der selben Bäckerei ihre Wochenration. Zuerst wechselte
sie die Brotsorten noch ab, später holte sie immer das
Gleiche. Dies hatte den Vorteil, dass sie außer „Guten
Morgen“, dazu zwang sie ihr Anstand, nichts mehr sagen
musste.
So verbrachte sie immer mehr Zeit in der Diele, der Spiegel
wurde ihr lautloses Gegenüber.
Alles blieb wie es war, sie blieb wie sie sein wollte.
Eines Freitagmorgens wurde sie von der Bäckersfrau
vermisst. Es war seit Jahren das erste Mal, dass die Alte nicht
kam. Als sie am darauffolgenden Freitag wieder nicht kam,
informierte sie die Polizei. Diese versuchte das Ausbleiben

der Dame zu verharmlosen, aber man schaute dennoch
nach.
Die Tür war verschlossen und auf das Klingeln kam keine
Reaktion. Die Polizisten wären auch wieder gegangen, hätten
sie nicht einen leichten Verwesungsgeruch wahrgenommen.
So wurde die Haustüre aufgebrochen.
In der Diele lag die alte Frau, sie war tot.
Sie lag vor einem großen Bild, das, mit seinem breiten, mit
goldfarbenen Ornamenten verzierten Rahmen nur an die
Wand angelehnt war.
Dieses Bild zeigte eine schöne Frau, die vierzig Jahre alt
gewesen sein mochte, als sie gemalt wurde.

Theresia Vögele

Affe im Livree

„Jetzt bin ich schon wieder zu früh dran, wie so oft in letzter Zeit", denke ich und ärgere mich dabei. Vor lauter Angst, zu spät zu kommen, kann ich nun eine halbe Stunde warten. Dabei hasse ich es zu warten. Noch dazu, wenn ich nicht weiß, was auf mich zukommt.
Lange war ich unschlüssig, ob ich dieser unerwarteten Einladung überhaupt nachkommen soll. Jetzt stehe ich hier am Hafen und warte auf das Boot, das mich zur Insel bringen wird.

Ein leuchtend buntes Boot legt am Kai an. Ein hochgewachsener, braungebrannter Mann geht zielstrebig auf mich zu: „Maria Varga?"
Die Vertrautheit, mit der er meinen Namen ausspricht, berührt mich. Mit seinem nackten muskulösen Arm zieht er mich ins Boot und gleich danach legen wir ab. Die Farben täuschten über das wahre Alter des Bootes hinweg, beim näheren Betrachten zeigen sich tiefe Risse im Holz. Schnell erreichen wir das offene Meer, dann gibt er Gas und wir fliegen über das Wasser. Dabei lacht er laut. Meine Hände krallen sich ins Holz, bis sie schmerzen. Immer wieder dreht er sich zu mir um und lacht verschmitzt dabei.
Sieht er denn meine Angst nicht?
Nein, er sieht sie nicht oder er will sie nicht sehen. Ich kann nichts anderes tun, als mich an der Reling festhalten und zu hoffen, dass es bis zu unserem Ziel nicht mehr weit ist.
Endlich, die Insel kommt in Sichtweite. Er nimmt Fahrt weg. Ich atme auf, meine Hände sind so steif, dass es eine Weile dauert bis ich sie wieder bewegen kann. In Shorts und mit freiem Oberkörper sieht mein temperamentvoller Kapitän verführerisch aus. Seine Augen sind blau und wenn er lacht, leuchten sie. Wir legen an.
Mit beiden Händen packt er mich lachend an der Hüfte. Unsere Blicke treffen sich kurz und ich sauge seinen Duft

ein. Die Mischung aus salzigem Schweiß und herber Männlichkeit trifft mich im Bauch, Gänsehaut bildet sich und ich bin bestimmt knallrot. Eine kleine Unendlichkeit hält er mich in der Höhe und hebt mich dann auf den Landesteg.

„Sie werden erwartet", sagt er immer noch lachend.

Nur ein schmaler Weg führt vom Steg ins Innere der Insel. Nach einem kurzen Anstieg erreiche ich eine Ebene auf der ein weißes Haus steht. Der atemberaubende Blick, der sich hier öffnet, geht hinaus aufs freie Meer.

Wie hieß es in der Einladung?: „Ich würde mich freuen, dich auf meiner Insel begrüßen zu dürfen." Wer möchte in so einem Haus nicht Gast sein, auch wenn der Gastgeber unbekannt ist?

Die Haustür steht einladend offen.

„Hallo...?"

Auf mein Rufen und Klopfen reagiert niemand. Zögernd gehe ich hinein. Unschlüssig stehe ich im Flur. Eine angenehme Stille und ein vertrauter Geruch lassen das Gefühl des Zuhauseseins aufkommen. Alles ist so aufgeräumt, als wären die Bewohner gerade erst und nur für kurze Zeit weg gegangen. In einem großen hellen Raum, mit üppigen weißen Tüllgardinen an den Fenstern, steht ein runder Tisch mit nur einem Stuhl.

Es ist für eine Person gedeckt und ich bin überzeugt, dass das festliche Gedeck für mich ist.

Ich setze mich.

Eine Türe öffnet sich und ein Affe in Livree kommt an den Tisch. Mit beiden Händen trägt er eine barocke Suppenterrine. Nach einer galanten Verbeugung öffnet er den Deckel und bietet mir freundlich lächelnd den Inhalt an. Große Augen blinzeln mich aus der Suppe an. Dankend lehne ich ab und der Affe verschwindet etwas unwirsch wieder durch die Türe. Kurz darauf erscheint er mit einer großen Schüssel auf einem Tablett. Der Salat liegt ruhig darin ich nicke und er beginnt zu schöpfen. Etwas

umständlich, in der einen Hand hält er das Tablett, in der
anderen das Salatbesteck, füllt er meinen Teller. Das ist gar
nicht so einfach, denn er reicht gerade mit den Schultern bis
an die Tischkante. Dabei zeigt sein Gesicht höchste
Konzentration, er will seine Sache gut machen. Als er fertig
ist, lächelt er und verschwindet wieder. Ich freue mich auf
das frische Grün und nehme die Gabel in die Hand, da wird
es lebendig auf meinem Teller. Ein Salatblatt bekommt
winzige Beine, viele kleine wie die von Ameisen. Augen
blicken mich aufgeregt an und ein Blatt nach dem anderen
verlässt den Teller. Ziellos irrt alles über den Tisch, und
versteckt sich unter Servietten, hinter dem Kerzenleuchter
und in den Blumen. Mehrere Blätter wagen den Abstieg über
das Tischtuch hinab, das bis zum Boden reicht. Sie purzeln
hinunter und verschwinden unter den Möbeln.
Mein Teller ist leer.
Darüber scheint mein fremdartiger Diener erfreut zu sein.
Mein Kichern verwirrt ihn zwar, er zuckt nur mit seinen
Schultern und kommt dann mit einer großen Platte an den
Tisch, die er auf seiner rechten Schulter trägt und mit der
Hand fest hält. Gekonnt tranchiert er den gebratenen Vogel,
legt mir einen Teil davon auf den vom Salat verlassenen
Teller und verschwindet wieder in die Küche. Der Vogel ist
mit den Künsten meines ungewöhnlichen Dieners nicht
einverstanden. Er setzt sich wieder zusammen und versucht
vom Teller zu fliegen. Da er keine Federn mehr hat, plumpst
er zu Boden. Der Affe muss dies gehört haben, denn er steht
sofort in der Türe. Er hebt das Tier auf und tranchiert es
erneut. Obwohl ich ablehne, legt er mir abermals einen Teil
auf meinen Teller und beschwört es, sich seinem Zweck
nicht zu entziehen.
Langsam geht er zur Türe, dreht sich um und wartet kurz.
Als er sieht, dass alles liegenbleibt, verschwindet er. Der
Vogel hat nur darauf gewartet und beginnt sein Spiel von
Neuem. Bevor er zu Boden fällt, fange ich ihn auf und werfe
ihn zum Fenster hinaus.

Mein mir liebgewordener Diener taucht wieder auf und zeigt sich erfreut, nimmt er doch an, ich hätte den ganzen Vogel verspeist. Ich will ihn nicht enttäuschen und wische mir den Mund mit der Serviette ab. Aufgeschreckt rennt ein kleines Zwiebelchen über den Tisch. An die Serviette klammert sich ein Salatblatt und starrt mich angstvoll an. Der Affe sieht es und haut auf den Tisch. Der erschreckte Salat rennt in seiner Verwirrung auf dem Tisch ziellos umher. Ich stehe auf und sage: „Es ist wohl besser, ich gehe!"
Der Affe zieht ein enttäuschtes Gesicht und zuckt abermals mit den Schultern und läßt mich ziehen
Mein Bootsführer schläft auf der Bank. Gut sieht er aus, verdammt gut. Ich rufe ihn und mit einem Ruck steht er auf. Sein überraschtes Gesicht erinnert mich an den Affen. Sofort lässt er den Motor an. Ohne seine Hilfe klettere ich ins Boot, es fliegt mit uns davon, das Wasser spritzt in mein Gesicht.

Nanu, wo bin ich?
Ich sitze im Garten, mein Nachbar sprengt den Rasen, der Wind weht mir Wasser ins Gesicht.
Auf dem Tisch liegt die Einladung.
Ich werde wohl absagen.

Theresa Vögele

Hunters Moon

Unsere erste Begegnung blieb mir nachhaltig im Gedächtnis. Ich entdeckte dich in der Auslage einer kleinen Boutique. Zwischen all den feinen Kostümchen, Handtaschen und Schuhen wirktest du irgendwie deplatziert. Außer einer pinkfarbenen Glockenblume als Kopfbedeckung und einem Paar riesiger roter Pumps warst du vollkommen nackt.

Nichts an dir entsprach dem gängigen Schönheitsideal. Dein Gesicht war geprägt von einer viel zu großen Hakennase und hervorquellenden Lippen. Der Glockenblumenhut fand Halt an abstehenden Ohren, die nach oben spitz zuliefen. Beim Anblick deines Körpers fiel mein Blick sofort auf große, birnenförmige Hängebrüste mit fingerdick hervorstehenden Brustwarzen. Ein runzliger, schlaffer Bauch und ein flacher Po ließen darauf schließen, dass du deine Jugend bereits seit einiger Zeit hinter dir gelassen hattest. Deine überlangen Arme und Beine waren auffallend dürr und ließen die Gelenke stark hervortreten. Die Spindelfinger affektiert zur Seite gespreizt, präsentiertest du dich mit überlegenem Lächeln der Öffentlichkeit. Es schien dir völlig gleichgültig zu sein, an diesem unpassenden Ort verweilen zu müssen.
Ich konnte mich kaum von deinem Anblick lösen. Auf eine besondere Art fühlte ich mich von deiner nicht alltäglichen Schönheit stark angezogen. „Wer hat dich erschaffen? Wer oder was bist du?“, fragte ich mich.

Während meiner Aufenthalte in Sligo kam ich immer wieder zu dem Schaufenster um dich zu betrachten. Würde womöglich eines Tages ein fremder Mensch diesen Laden betreten, ein paar Geldscheine auf den Tisch legen und dich einfach mitnehmen? Diese Vorstellung beunruhigte mich zutiefst. Im letzten Sommerurlaub drängte es mich sofort wieder zu der Boutique. Mit Erleichterung stellte ich fest, dass du noch da warst. Ich nahm mir vor, an einem der folgenden Tage endlich die Ladentür zu öffnen und hineinzugehen um zu fragen, ob man dich kaufen kann. Warum ich es dann doch nicht getan hatte, konnte ich mir zunächst nicht erklären.

Da ich wieder einmal meinen Geburtstag in Irland feierte, hatte ich die vage Hoffnung, dich auf meinem Gabentisch vorzufinden. Gleichzeitig plagten mich erste Zweifel. War es überhaupt möglich, dich zu besitzen? Bereits als ich die Größe des Geschenkpäckchens sah, wusste ich, du konntest dich nicht darin befinden.

Seltsamerweise fand ich nach meinem Geburtstag nicht mehr die Gelegenheit dich aufzusuchen. Dabei wäre es doch ganz einfach gewesen. Hineingehen, nach dem Preis fragen, bezahlen, einpacken lassen und mitnehmen. Ganz einfach? Was, wenn man mich ausgelacht, mir unmissverständlich klargemacht hätte, daß du unverkäuflich zur Dekoration gehörst, oder aber dein Preis meine Möglichkeiten weit überstiegen hätte? Wieviel wäre ich bereit zu bezahlen? Hundert, Zwei-, Drei-, Fünfhundert Mark? Tausend? Hatte ich überhaupt das Recht, dich aus deiner Heimat zu entführen? Konntest du tatsächlich mein Eigentum werden, indem ich ein paar Scheine hinblätterte? Ich hatte das Gefühl, auf dem Holzweg zu sein. Darum verschob ich die Entscheidung und flog ohne dich zurück nach Deutschland. Ich wusste ja, ich komme im Oktober wieder. Dann könnte ich endlich das Geheimnis deiner Existenz lüften.

Mit diesem Vorsatz machte ich mich gleich am ersten Urlaubstag auf den Weg zum Schaufenster in der Castle Street. Doch du warst nicht mehr da! Stattdessen stand an derselben Stelle eine männliche Figur. Sie schien von derselben Gattung zu sein wie du. Jetzt hieß es handeln! Eine freundliche Verkäuferin kam mir entgegen als ich den Laden betrat. Ich erzählte ihr von dir und beschrieb dich genau. Sie lächelte und teilte mir mit, dass du an deinen Entstehungsort, in die Werkstatt einer Künstlerin zurückgebracht wurdest. Dann reichte sie mir einen kleinen Prospekt auf dem eine Wegbeschreibung zu finden war. Der Weg zu dir. Auch deinen Preis habe ich von dieser Frau erfahren. Einhundertfünfundneunzig irische Pfund! Fünfhundert Mark! Das hatte ich beinahe befürchtet.

Nachdem ich das Geschäft wieder verlassen hatte, sah ich mir die Wegbeschreibung etwas genauer an. Über Carney nach Maugherow, sechstes Haus rechts nach Ardtermon Castle. Unglaublich! Vor einem Jahr hatte ich dort eine ganze Woche lang gewohnt. Sofort machte ich mich auf den Weg dorthin. Nach fünfundzwanzig Minuten Fahrt erreichte ich das alte Gemäuer. Sechstes Haus , rechts das Schild:

FAIRY - SHOP   open Mon.- Sat., 9 a.m.- 6 p.m.

Wie oft hatte ich dieses Schild schon im Vorbeifahren gelesen und mich gefragt, was um alles in der Welt ein Fairy-Shop ist? Ich stellte den Wagen ab und stieg aus. Das schwere Eisentor quietschte laut als ich es öffnete und das Grundstück betrat. Hühner und Gänse liefen umher. Die Gänse begannen laut zu schreien, zischten und streckten ihre Hälse in meine Richtung. Eilig brachte ich mich hinter einem roten Holzgatter in Sicherheit. Nur wenige Meter entfernt stand ein winziges Cottage. Es war weiß, mit roten Fensterläden und Türen. Neben der Haustür hing ein Schild. „Ring Bell“. Ich drückte auf den Klingelknopf. Nichts rührte sich. Es schien niemand da zu sein. Ich läutete nochmals. Mist! Keiner da. Durch die unverhangenen Fensterscheiben konnte ich einen Blick ins Innere der Werkstatt werfen. Dort entdeckte ich einige deiner Artgenossen. Manche dieser spitzohrigen Wesen schienen uralt zu sein. Sie hatten lange, graue Haare und kletterten in Wurzeln oder Ästen herum. Nachdem ich zum dritten Mal auf die Klingel gedrückt hatte und sich niemand meldete, ging ich zurück zum Auto. Ich ärgerte mich ein wenig, dass der Laden zu den regulären Öffnungszeiten geschlossen war. Aber ich hatte inzwischen genug über Irland gelernt, um zu wissen, dass sich dort niemand verpflichtet fühlt irgendwelche Regeln einzuhalten. Auf der Rückfahrt dachte ich über die seltsamen Wesen nach, die ich gesehen hatte. Sie wirkten lebendig. Gerade so, als hätten sie nur in ihren Bewegungen innegehalten, während ich sie betrachtete. Ich fragte mich, was für ein Mensch fähig war, solche merkwürdigen Kreaturen zu erschaffen. Ein unbehaglicher Schauer lief mir über den Rücken.

Am nächsten Tag fuhr ich von unbändiger Neugier getrieben wieder zu der Werkstatt. Diesmal brannte Licht. Erwartungsvoll drückte ich auf die Türglocke. Ich hörte Schritte. Ein düster blickender Mann öffnete die Tür. Sofort wurde mir klar, dass es keine gute Idee gewesen war, am Sonntag hierher zu kommen. Ich entschuldigte mich und erklärte ihm, daß ich am Vortag schon da war und niemanden angetroffen hatte. In der Hoffnung, ihn damit gnädig gestimmt zu haben, fragte ich, ob ich vielleicht ausnahmsweise einen Blick in den Shop werfen dürfe. Das ließ ihn völlig unbeeindruckt. Er gab sich keinerlei Mühe, seinen Ärger über die sonntägliche Störung zu verbergen. Nachdem er mir barsch erklärt hatte, dass ich am nächsten Tag wiederkommen solle, verabschiedete ich mich verlegen. Auf dem Weg zum Auto zischten mich die Gänse böse an. Diese unerfreuliche Begegnung hatte mich sehr verwirrt. Obwohl mir die Reaktion des Mannes verständlich erschien, kam mir sein Verhalten irgendwie seltsam vor. Hatte er etwas zu verbergen? Ich versuchte mir einzureden, dass er als Ehemann einer Künstlerin sicher nichts zu Lachen hatte. Es war bestimmt ein unangenehmes Gefühl, mit all diesen Spitzohren das Haus teilen zu müssen. Vielleicht hatten sie ja letzte Nacht um sein Bett getanzt oder auf andere Weise versucht, ihn in den Wahnsinn zu treiben. Plötzlich konnte ich mir lebhaft vorstellen wie diese Wesen nachts in dem kleinen Haus herumhüpften und im Mondschein unheimliche Zeremonien abhielten.

Zurück in Glencar versuchte ich mich bei einer Tasse Tee zu beruhigen. Aber mich ließ das Gefühl nicht los, dass mit dieser Künstlerwerkstatt etwas nicht stimmte. Ich glaube, bereits da habe ich den Entschluß gefasst, dich nicht mitzunehmen, falls ich dich doch noch finden sollte. Ich wollte dich nur noch einmal wiedersehen oder zumindest etwas über dich in Erfahrung bringen.

Darum machte ich zwei Tage später einen letzten Versuch in den Shop zu gelangen. Derselbe Mann öffnete mir die Tür. Er war diesmal sichtlich bemüht, etwas freundlicher zu sein. Es gelang ihm nicht besonders gut. Ich spürte seine Ablehnung beinahe körperlich. Sein Blick konnte meinem nicht standhalten und schweifte hin und her. In einem weiter hinten gelegenen Zimmer ging eine junge Frau grußlos vorbei. Das musste die Künstlerin sein. Merkwürdig, dass sie sich nicht vorstellte.

Der Mann bat mich in den Raum, den ich schon einmal von draußen betrachtet hatte. Dann stand er mit verschränkten Armen da und beobachtete mich. Er trat von einem Fuß auf den anderen. Es schien mir, als könne er meine Anwesenheit kaum ertragen. Dennoch fasste ich mir ein Herz und erkundigte mich nach dir. Er konnte sich noch gut an dich erinnern und erklärte mir, dass du vor zirka zwei Monaten an einen Iren verkauft wurdest.
Während ich mich unter deinen Artgenossen umsah, versuchte ich, das Ausmaß meiner Enttäuschung zu verbergen. Ich wusste, dass es für dich keinen Ersatz gab. Die anderen waren nicht wie du. Traurig ging ich von einem Spitzohr zum anderen. Zwei alte Frauen hockten rittlings auf

einem Ast und lausten sich gegenseitig. Sie machten keineswegs den Eindruck als wären sie gerne an deiner Stelle mit mir nach Deutschland geflogen. Es klingt verrückt, ich weiß, aber die beiden Alten ließen mich spüren, dass sie sich an diesem Ort wohl fühlten. Sie wollten nicht weggebracht werden. Irgendwann würde jemand diese Botschaft übersehen und sie mitnehmen. So wie dich jemand mitgenommen hatte. Der Mann schien erleichtert zu sein, als ich ihm erklärte, dass ich eigentlich nur wegen dir gekommen war. Er meinte, das sei wirklich kein Problem und ich könne ja gerne wieder einmal hereinschauen. Vielleicht sei dann etwas für mich dabei. Gerne öffnete er mir die Haustüre und ließ mich hinaus. Diesmal blieben die Gänse ganz ruhig.

Am Vorabend meiner Heimreise, es war der 31. Oktober und Halloween, begleitete mich ein irischer Freund mit der Taschenlampe von seinem Wohnwagen zum Auto. Er erzählte mir, dass um diese Jahreszeit der Mond besonders schön sei. Der nächste Vollmond, sagte er, würde der Mond des Jägers sein. Er erscheint riesengroß am Firmament. Schade, dass ich ihn nicht mit eigenen Augen sehen kann, dachte ich. In gewisser Weise trösteten mich Micks Worte darüber hinweg, dass ich dich verloren hatte.

Der Zug Richtung Dublin ratterte monoton vor sich hin. Ich schloss die Augen und sah vor mir den riesigen Mond. Du gingst über eine Wiese auf das Elfenfort zu. Als du es erreicht hattest, erschienen auf einmal wie aus dem Nichts alle deine Freunde. Ich erkannte die beiden Alten aus der Werkstatt. Musik erklang. Eine Hand legte sich auf meine Schulter. "Your ticket, please." Der Schaffner lächelte freundlich. Ich lächelte zurück und reichte ihm meine Fahrkarte.

Susanne Stigler

Der Blick

Er brauchte keinen Wegweiser, auch keine
Streckenbeschreibung: seine Nase und seine Ohren sind
Kompass genug. Diese beiden Sensoren wiesen ihm den
Weg zu dem Ort, den er so liebte, den er schon seit seiner
frühesten Jugend immer und immer aufsuchte: den
Rummelplatz.
Der Klang der Orgel eines Karussells wirkte auf ihn
elektrisierend und der Duft von gebrannten Mandeln und
frischem Popcorn erzeugten eine magische Anziehungskraft,
der er sich nicht widersetzen konnte und auch nicht wollte.
Um es klar auszudrücken: von einer Hemmschwelle konnte
nicht mehr die Rede sein.
Aber es waren nicht die erwähnten Stände und Buden zu
denen er sich hingezogen fühlte – nein – es war der Wagen,
wo es Spielzeug und Ramsch zu kaufen gab. Also ein Ort,
um den Eltern in Begleitung von Kindern gewöhnlich einen
sehr weiten Bogen machen, während sich die lieben Kleinen
dort hingezogen fühlen, von einer unbekannten Kraft
beeinflusst, der sie sich kaum widersetzen können.
Er allerdings, inzwischen in den sogenannten besten Jahren,
hatte noch viel von dieser kindlichen Erbmasse in sein
Erwachsenendasein hinübergerettet, das heißt, er war gegen
die erwähnten Verlockungen nicht immun. Ganz im
Gegenteil: Er sucht Veranstaltungen mit Rummelplatz gerne
auf.
Sein spezifisches Interesse ist allerdings auf eine Sache
gerichtet: auf Wundertüten.
Er sammelt alles was sich in Wundertüten verbirgt. An sich
sind dies alles Dinge an denen sich ausschließlich Kinder
erfreuen, doch dies kümmert ihn wenig. Genug Platz hat er
ja in seinem Haus und jetzt, da seine Frau ihn verlassen
hatte, versucht auch niemand mehr ihm seine Marotte
schlecht zu reden.

Die Regale an den Wänden sind voll mit kleinen Teilen aus Tüten die ehemals 10 Pfennige kosteten, aus Tüten zum Preis von 50 Pfennigen, einer Mark und auch 5 Mark.

Und er ist immer auf der Suche nach dem Ding, dem ultimativen, das er in einer ganz speziellen Tüte vermutet.

Und ich kann euch berichten, dass er möglicherweise gestern fündig geworden ist. Ganz genau weiß ich es nicht, doch ich bin mir ziemlich sicher. Sein Gesichtsausdruck zeugt jetzt von einer inneren Zufriedenheit, einer Gelassenheit und einem Wohlbefinden, das ich früher bei ihm nie gesehen habe.

Was ist nur geschehen?

Er hat auf der Kirchweih einen Wagen gefunden der – natürlich – Wundertüten verkauft. Wundertüten für Kinder und auch Wundertüten für Erwachsene!

Genau das Richtige für mich – sagte er zu sich und legte die zehn Mark schnell auf den Tresen.

Auf der Tüte stand – großspurig – so dachte er: „Das größte Wunder der Welt!"

Gierig nahm er die Tüte aus dem Behälter, riss sie auf, griff hinein, zog den Inhalt heraus – und er schaute verwundert in sein Spiegelbild, das ihn ebenso mit großen schwarzen Augen anblickte.

Wolfgang Weigelt

tag-nachtträumerisch - alptraumhaft

Tagtraum

Mein Kopf rollt, vorbei an nassen Bauten, kargem
Industriegebiet, durch Schlammpisten, bis er sich mit einem
anschaubaren Salto über eine Seitenböschung in einer
Blumenwiese eingräbt. Der Hals steckt fest in der Erde und
mein Kinn hat keine Bewegungsfreiheit. Reden ist so fast
unmöglich und so denke ich – laut – bin erschöpft von der
Reise und irgendwo zwischen Grübeln und Müdigkeit in
einen Traum übergeglitten.

Ich finde mich auf einer Blumenwiese wieder. Vögel
zwitschern, die Sonne steht nicht ganz so hoch am blauen
Himmel und es ist mild, mild wie an einem Frühlingstag
glaube ich.
Ich fühle mich leicht. Mir scheint, dass sich die Stängel unter
den Füßen nicht biegen, wenn ich über meine Wiese
schreite.

Wo bin ich?
Wie kam ich hier her?
Warum habe ich alles hinter mir gelassen?
Was war so schwer zu ertragen, was so mühselig, dass ich
von meinem bisherigen Aufenthaltsort verschwunden bin?

Ich weiß nichts mehr.
In meine Erinnerung frisst sich eine weiße Lücke, die sich
immer weiter zu einem Loch auswächst.

Was hatte ich mich gerade gefragt?

Petra Schefold

Nieselregen

Feiner Nieselregen regnet auf das Dach. Füße schlüpfen in
die Stiefel. Leise Schritte, Regen im Gesicht, Splitt hängt an
den Sohlen, Halme knicken, Kies und Dreck.
Ekelhaft klebt überall der Winter.
Tore auf.
Klak, klak.
Leises Dampfen, warme Luft, Blick nach links und rechts
und um die Ecke. Vorsicht glatt. Scheibe könnte man auch
putzen. Türe auf, beruhigend normal surrt der Motor.
Fliesen links, zwei Türen rechts, PC ist aus, gleich wird es
hell. Kurz ein Blick, vielleicht auch zwei und drei, vertrautere
Gedanken und dann zurück.
Klak, klak.
Zum Glück nicht mehr lange, alles wird ruhig.
Wassertropfen an der Wand und auf dem Boden, tief in sich
versunken. Stufen rauf und alles schaut dich an, aus dunklen
Augen, laufen weg oder bleiben stehen, müssen gehen.
Der Puls geht hoch, ein Tropfen Schweiß, darauf bedacht
sich nicht zu ärgern. Dann ganz wach. Gedanken weg.
Der erste Lärm zieht seine Reihe, dann wieder still.
Klak, klak.
Vereinzelt stöhnen, aber wach die ganze linke Seite.
Begrenzter Schock, wie immer, nichts wie raus, die Türe zu
und je nach dem wie man sich fühlt so laut ist dann der
Takt.
Dreiviertel Takt wär manchmal schön. Gedanken müssen
wieder weg. Erst eins, dann zwei, dann drei, dann vier, dann
fünf, dann sechs, dann sieben, dann acht verstummte
Zischen, wie fast immer alle kollabiert.
Kalte Hand, den Riegel auf, die erste und die Zeit spielt
keine Rolle, für mich jedoch sehr wohl.
Tag für Tag dasselbe Ritual, springen die Gedanken bis es
nervt und wenn sie bleiben schmerzt es.

Die nächste zappelt, aber zügig nacheinander bis zum
Schluss, bis wieder Ruhe ist.
Klak, klak.
Jetzt nur noch schnell mit zugestopften Ohren. Noch ein
Blick und alles mampft. Zufrieden knurrt der Magen.
Türe zu. Ekelhaft klebt überall der Winter, Kies und Dreck,
Halme knicken, Splitt hängt an den Sohlen, Regen im
Gesicht, leise Schritte, Füße schlüpfen aus den Stiefeln.
Feiner Nieselregen regnet auf das Dach....

Rolf Holzapfel

Fliegen

Die Kälte steigt von den Füßen aufwärts, ich hänge im
Bügellift und lasse mich nach oben ziehen.
Neben mir der Mann, der ein Teil meiner selbst geworden
ist.
Oben angekommen sucht mein Blick die Weite. Die Sonne
lässt die schneebedeckte Bergwelt im reinsten Weiß
erstrahlen. Ich suche einen ruhigen Platz um der Ski
fahrenden Menschenmasse entfliehen zu können, die sich
hoch ziehen lässt um so schnell wie möglich wieder nach
unten zu kommen.
Ich stehe am Abhang und sehe die Bergwelt. Reinheit,
Klarheit und Freiheit fallen mir dabei ein.
Etwas zieht mir die Schwere aus meinem Körper. Ich
schließe die Augen, gebe mich dem Schönen hin und lass
geschehen was geschieht. Als ich spüre, wie ich den Boden
unter mir verliere, öffne ich die Augen wieder. Erst jetzt
sehe ich ihn. Er ist neben mir und starrt mich an. Ich schaue
auf ihn herab. Langsam dämmert es mir, ganz ohne Angst:
„Ich fliege!“
Die Abhänge verlieren ihren Schrecken, je kleiner sie durch
die ungewohnte Weite werden. Strahlend blauer Himmel
und das blendende Weiß des Schnees zwingen mich zum
Schließen meiner Augen. Eine nie gekannte Leichtigkeit
erfüllt mich. Ich wage wieder aufzusehen. Aus dem reinen
Weiß des Winters wachsen Flecken saftigen Grüns. Nicht
lange und ich schwebe über einer neu erwachenden
Bergwelt. Der Frühling hat Einzug gehalten. Der Duft von
frischem Gras und vielen Blumen lässt mich trunken
werden.
Ich benutze meine Arme, wie ein Vogel seine Flügel. Der
Wind streichelt meinen Körper. Freiheit, Unendlichkeit,
Worte die ich jetzt verstehe. Die Berge sind klein geworden,
ich bin allein. Kaum regt sich dieser Gedanke in mir, da
beginne ich langsam abzusinken.

Das Weiß deckt wieder alles zu, ich werde traurig, will mich wehren.

Ich sehe die Menschenmenge, die Köpfe nach oben gereckt. Auch ihn, der immer noch mit weit aufgerissenen Augen da steht. Ich fliege auf ihn zu, geistesgegenwärtig fängt er mich auf. Er hält mich fest, so sehr, dass es weh tut. Meine Füße sind kalt. Erst jetzt sehe ich, dass ich aus den geschlossenen Skischuhen heraus geschlüpft bin. Die Menge kommt näher, wirkt bedrohlich.

„Komm", sage ich und schlüpfe in die geschlossenen Skischuhe wie in Hausschuhe. Ich bahne mir einen Weg durch die Menge. Er steht noch wie angewurzelt da. „Komm schon", rufe ich. Endlich bewegt er sich. Wir fahren ab und die Menge hinterher. Sie kommt immer näher. Plötzlich und unerwartet baut sich eine weiße Wand vor uns auf. Wir sind gezwungen anzuhalten. Hinter uns die Menge die wie eine Lawine auf uns zu rollt. Angst will von mir Besitz ergreifen. Ich wehre mich, erinnere mich. Die Schwere verlässt meinen Körper und alles um mich herum wird klein. Wieder gebe ich mich dem Gefühl hin, dass es Frühling wird. Fühle mich in einem Raum zwischen all dem was ich bisher zu glauben wagte. Die Wiese unter mir lädt mich ein zum Ausruhen. Ich suche ihn, er sitzt auf einem Stein und weint. Ich lande sanft vor ihm, nehme seinen Kopf in meine Hände. Er sagt nur: „Bleibe da!" Ich werde unendlich traurig. Es tut so weh, so weh.

Ich wache auf und höre regelmäßigen Atem neben mir im Bett. Nur ein Traum, nein ich bin geflogen, war frei. In jeder Zelle meines Körpers wird dieses Gefühl gespeichert und ich weiß, wenn ich wirklich will, dann kann ich es!

Theresa Vögele

Tief im Innern

Als meine Füße den Boden berührten, war dieser hart und das Gelände erschien riesengroß. Gerade noch konnte ich der Versuchung widerstehen auf die Knie zu fallen und den Boden zu küssen, wie es der Papst bei solchen Gelegenheiten wohl zu tun pflegt. Ich blieb stehen, schloss die Augen und sog die Luft tief in die Lungen, schmeckte und kostete, als handelte es sich um alten Wein und konnte doch nichts Besonderes feststellen.

Als ich die Augen schließlich wieder öffnete, waren meine letzten Worte eben verklungen, doch fehlte mir der Zusammenhang zum gerade Gesagten. Ich fand meine Hand leicht auf seinen Arm gestützt, fühlte das teure Tuch des Jacketts und blickte in blaue Augen. Augen, die so blau waren, dass ich tief errötete und meinen Arm wie elektrisiert zurückzog. Hastig stand ich auf, wobei ich meinen Stuhl umstieß, was mich nicht weiter kümmerte. Überstürzt rannte ich in Richtung Waschraum.

Der Weg dorthin musste weit gewesen sein, denn erhitzt stolperte ich gegen die Schwingtür, überquerte den fleckigen Fliesenboden und stützte mich schwer auf den kalten Rand des Waschbeckens. Unverwandt blickte ich in das schwarze Loch des Abflusses während die Tür hinter mir langsam zur Ruhe kam.

Mir war plötzlich schlecht geworden. Mühsam suchte ich meinen Blick im Spiegel und erschrak zutiefst. Das da war nicht ich - graues, strähniges Haar fiel in dieses Gesicht. Die Haut fahl und tief gefurcht. Nur die Augen, die hatten sich nicht verändert. Sie gehörten zu mir. Weit aufgerissen starrten sie auf einen zahnlosen Mund, der unverständliche Laute von sich gab. Ich begann noch mehr zu schwitzen, schaffte es schließlich, mich abzuwenden. Der plumpe

Körper drehte sich mühsam, um sich nur noch mehr zu
verheddern. Das schweißnasse Laken hatte sich so um Hals
und Arme gelegt, dass es mir schwer fiel mich davon zu
befreien und ich brauchte lange um mich zu orientieren.

56

Chris Ladwig-Siebenbrodt

Kastanienblüten

Anna fuhr an jenem späten Frühsommerabend übermüdet von der Arbeit nach Hause. Niemand erwartete sie und so nahm sie den Umweg über die Dörfer, wollte Abstand gewinnen zu ihrem anstrengenden Tag. Nicht zum ersten Mal fuhr sie durch Felder und Wiesen dahin und ließ Stadt und Arbeit hinter sich. Eine Biegung nach links, das Wäldchen dort rechts, der Weg war ihr wohl vertraut. Die Kuppe nahm sie gerne etwas schneller, es gab ihr ein kurzes Gefühl des Fliegens. Als sie mit ihrem Wagen die große, langgezogene Rechtskurve entlang fuhr hatte sie den Eindruck, dass diese nicht zu Ende gehen wollte. Sie erkannte auch nicht die Böschung auf der linken Seite und die Kastaniengruppe vor ihr war ihr bisher noch nie aufgefallen. Sie nahm den Fuß vom Gaspedal und ihr Herz begann heftig zu klopfen. Anna trat auf die Bremse, hielt den Wagen an, ließ ihn mitten auf der Allee stehen und wurde magisch angezogen von dieser Baumgruppe. Kastanien, deren Blätter ein dichtes Dach bildeten. Sie konnte die fingerförmigen Gebilde erkennen, bewunderte die großen Blüten und sog deren Duft ein. Sie genoss die unendliche Stille. Eine Ruhe und Wärme lag über dem Hain, wie sie es lange nicht empfunden hatte. „Hier gefällt es dir, ich kann es sehen", sprach jemand hinter ihr und legte seine Hände auf ihre Schultern. „Ruhe dich aus, nimm dir die Zeit dazu. Hier an diesem Ort kannst du es." Sie wollte sich umdrehen. Es gelang ihr nicht. Das Gewicht der Hände wurde schwer und schwerer. Bald konnte sie sich nicht mehr auf den Beinen halten, als die Stimme sagte: „All das Schwere, das du jetzt fühlst ist die Last, die Verantwortung, die auf dir ruht, deine Last des Alltags. Und du weißt es, wenn du dich nicht bald davon befreist, wird sie dich erdrücken und es kostet dich das Leben." Eine Müdigkeit befiel Anna. Sie spürte die Hände nicht mehr. Nach langer Zeit erwachte sie, fand sich hinter dem Steuer. Der Wagen

lehnte an einer Böschung. Sie hatte Glück gehabt. Es war
kein Baum in der Nähe gewesen. Ihr Kopf schmerzte. Mit
etwas Mühe konnte sie das Fahrzeug wieder flott machen.

Chris Ladwig-Siebenbrodt

Schreck in der Morgenstunde

Morgens neun Uhr. Ich stand auf und deckte den Frühstückstisch. Bis der Kaffee durchlief, setzte ich mich erst einmal gemütlich hin und ließ meinen Blick über die Tageszeitung schweifen.

Als ich die Todesanzeigen las, weiteten sich meine Augen, bis sie so groß waren wie Tennisbälle.

Da stand in schwarzem Rahmen: „Für alle ganz unerwartet verstarb H.D. , geboren am soundsovielten..., Beerdigung am...", das war ja heute!

Es gab keinen Zweifel. H.D. war ich selbst.

Plötzlich hatte ich das seltsame Gefühl, dass meine Arme, die die Zeitung festhielten, keine Temperatur mehr hätten und überhaupt der ganze Körper recht durchsichtig wäre.

Ich versuchte, meinen Puls zu fühlen. Nichts. Soweit ich aber aus dem Ärztebuch wusste, konnte man ohne Puls gar nicht leben.

Ich hatte das dringende Bedürfnis mich von Kopf bis Fuß anzuschauen und lief ins Schlafzimmer, wo der große Spiegel stand. Ich lief aber gar nicht, sondern schwebte einen Meter über der Erde.

Vor dem Spiegel drehte ich mich hin und her. Nein, Flügel hatte ich keine. Nicht einmal einen Heiligenschein.

Eigentlich sah man gar nichts von mir, nicht einmal durch das Leseglas meiner Oma.

Ich konnte es nicht fassen, ich war über Nacht gestorben und wusste nicht einmal, ob ich im Himmel, in der Hölle oder auf Erden war.

Also ließ ich den heißen Kaffee in der Maschine stehen, und schwebte als erstes auf den Friedhof, um zu sehen, ob irgendwelche Vorbereitungen zu meiner Beerdigung im Gange waren.

Unterwegs überlegte ich fieberhaft, wer alles von meinen Freunden und Bekannten und Verwandten anwesend sein könnte.

Aber der Friedhof war verlassen und menschenleer. Der neueste Stein in der hintersten Ecke war unbesucht. Niemand, der sich für diesen Tag eine Rede ausgedacht hätte.

Dabei hatte ich in meinem Leben etwas so Tolles machen wollen, dass man noch jahrelang über mich sprechen würde. Die Enttäuschung über mich trieb mir die Tränen in die Augen. Wieder ein Irrtum. Ich besaß gar keine Tränen, das waren schlicht und einfach Regentropfen. Plötzlich stürmte und regnete es in Strömen. Wenn mich mein Mann wenigstens begleitet hätte. Der hätte sicher einen Regenschirm für mich gehabt. Oder wenn meine Schreibgruppe mir etwas auf den Stein geschrieben hätte, etwas poetisches, dann ginge es mir auch besser. Ein Gedicht in der Art wie „Es weht der Wind ein Blatt vom Baum, in einen neuen Lebensraum. Und dieses Blatt mit Namen H., war Teil von unserem Leben, und dieses Blatt mit Namen H., wird der Literaturwerkstatt sehr fehlen." Plötzlich wurde ich aus meinen Überlegungen gerissen. Mein Gott, war das ein Traum gewesen! Ich hätte wirklich gern das Sandmännchen kennengelernt, das sich so einen Mist ausdachte!

Ich seufzte vor Erleichterung. Ich lebte noch.

Also stand ich auf und deckte den Frühstückstisch. Bis der Kaffee durchlief, setzte ich mich erst einmal gemütlich hin und ließ meinen Blick über die Tageszeitung schweifen, als...

Heidi Danner

Halloween

Stell es dir vor, wenn du willst, stell es dir einfach einmal
vor, dass du die Absicht hast, durch einen Friedhof zu
gehen, allein.

Es ist Halloween Nacht, und der unheimliche Glanz des
Vollmondes schimmert durch einen Ring von dickem Nebel,
einem Nebel, der sich bis auf den kühlen Boden
herniedersenkt.

Stell dir vor, wie die Blätter unter deinen Füßen rascheln und
knacken, wenn du losläufst. Höre sorgfältig auf die
Nachtgeräusche: Du hörst Autos die vorbeifahren, Hunde
die bellen, Kinder die singen: „Wir sind die Rübengeister...“
Das schmiedeeiserne Friedhofstor ist verrostet und quietscht
beim Öffnen und du wirfst noch einen letzten Blick zurück
auf die Scheinwerfer der Autos auf der schmutzigen
Landstraße.
Du schaust auf deine Armbanduhr, es ist 20.30 Uhr, halb
neun.

Langsam drehst du dich um und suchst dir den Weg
zwischen den schwarzen und grauen Grabsteinen aus
Granit. Plötzlich knarrt etwas. Du drehst dich ganz schnell
um und siehst, dass das Tor gerade zufällt. Das Schloss
rastet ein. Vermutlich bist du eingesperrt.

Fest entschlossen keine Angst zu zeigen gehst du weiter und
weiter in den Friedhof hinein. Dunkelheit umgibt dich und
ein Kälteschauer läuft dir den Rücken hinunter und noch
einmal blickst du zurück. Das Tor oder die Scheinwerfer
sind nicht mehr zu sehen. Um dich abzulenken, summst du
leise ein Lied vor dich hin.

Ein schreckliches Geräusch unterbricht dein Summen - ein

lautes Krachen. Du wirbelst herum und siehst einen Baum,
der nur wenige Meter hinter dir umgestürzt ist. Du erkennst
wie nahe du dran warst, getötet zu werden und dein Herz
klopft wild. Du horchst und hoffst die beruhigenden
Geräusche zu hören, die du vorher gehört hast. Du strengst
die Ohren an, aber du hörst nichts, gar nichts mehr - keine
Autos, keine Hunde, keine Kinder.
Das Schweigen schnürt dir die Kehle zu, du hast Mühe zu
atmen, allmählich kommt sie, die Angst, aber du weigerst
dich immer noch sie zu zeigen.

Jetzt raschelt etwas in den Büschen.
Eine dunkle Gestalt wandert um die Gräber herum, bückt
sich gelegentlich um verwelkte Blumen abzupflücken. Am
Kleid kannst du erkennen, dass es die Gestalt einer Frau ist.
Sie geht unsicher und hinkt ein wenig. Du denkst, sie ist alt,
sie ist harmlos, aber du denkst auch, vielleicht ist sie eine
Hexe.
Ein schneller Blick auf die Uhr, es ist 21.30 Uhr, halb zehn.
Eine Stunde ist so schnell vergangen und die Nacht bricht
herein.

Die Frau bewegt sich direkt auf dich zu. Denkst du etwa, sie
sieht dich nicht? Sie macht eine Handbewegung, wahrscheinlich winkt sie dir zu oder sie flüstert so etwas wie:
„Folge mir."
Du bist ängstlich und nervös, aber die Neugierde siegt.

Ihr Weg führt an den Gräbern entlang und du liest ab und
zu die Inschriften. Viele der Gräber, die du zuerst gesehen
hast, tragen ein Datum aus kürzlich vergangenen Jahren,
aber die Gräber in den hinteren Teilen des Friedhofs gehen
zurück bis ins 16. Jahrhundert. Alles scheint hier älter zu
sein, sogar die Luft riecht hier modrig.

Sie betritt eine kleine Hütte. Du hast einige Meter Abstand

gehalten, bist einige Meter hinter ihr gelaufen, in der Furcht,
sie könnte doch eine Hexe sein, aber jetzt musst du dich
beeilen. Du musst sie einholen, bevor sie die Türe schließt.

Du kommst zu spät. Völlig verwirrt stehst du da, schaust auf
die verschlossene Tür.
Vielleicht hat sie dich tatsächlich nicht gesehen?
Endlich öffnet sich die Türe wieder. Sie erlaubt dir
einzutreten.

Das erste was du wahrnimmst, ist die große schwarze Katze,
die sich an deinen Beinen reibt, und das zweite ist der riesige
schwarze Kessel über einer Feuerstelle. Du gehst hinüber zu
dem Topf und schaust hinein. Der Dampf einer grünen,
kochenden Flüssigkeit steigt in dein Gesicht. Du inhalierst
tief, es riecht süßlich.
In der linken Ecke entdeckst du einen Strohbesen. Du gehst
hinüber und berührst ihn behutsam. Er ist warm, pulsiert
beinahe so, als hätte er Leben in sich und du ziehst schnell
deine Hand zurück. Die alte Frau sieht das und lacht. Ihr
Lachen klingt eher wie ein Hexengegackere oder hast du dir
das Lachen nur eingebildet?
Die Frau geht zum Besen und nimmt ihn in ihre knochigen
Hände. Sie kehrt den Fußboden, als ob sie beweisen wollte,
dass der Besen kein Eigenleben hat.

Neugierig beobachtest du sie, wie sie zum Schrank geht,
zwei Schüsseln herausholt, zwei Gläser, zwei Löffel und
damit den kleinen Tisch deckt, der sich rechts neben dem
Kessel befindet. Sie schaut dich an, deutet auf einen Hocker.
Eigentlich willst du an ihrem Mahl nicht teilnehmen, aber du
willst sie auch nicht beleidigen oder verärgern.

Sie schüttet mit einem Holzschöpfer eine kleine Menge der
grünen Flüssigkeit in ihre eigene Schüssel und eine größere
Menge in deine. Du versuchst ihr zu sagen, dass du nicht so

hungrig bist, aber es scheint, als ob du deine Stimme nicht
mehr findest. Der Verstand sagt dir, dass du verschwinden
solltest, solange es noch geht, aber auch deine Glieder
gehorchen dir nicht mehr.

Sie lässt sich auf dem Hocker gegenüber nieder und beginnt
zu essen.
Du sitzt einfach da, starrst in deine Schüssel, fragst dich, was
das für eine Art Mahlzeit sein mag.
Sie lächelt dich an während sie isst. Dabei stellst du fest, dass
ihre Augen von einem klaren Blau sind, sie haben nicht die
Farbe, die du dir bei Hexenaugen vorstellst.
Du kannst deshalb zurücklächeln. Trotzdem wirkt das
Lächeln aufgesetzt, denn du bist verstört und gerätst
langsam in Panik.
„Fang an zu essen", bedrängt sie dich mit sanfter Stimme.
Es ist auch nicht die Stimme einer Hexe. Also nimmst du
den Löffel und probierst die grünliche Brühe. Sie schmeckt
so süß wie sie riecht. Es schmeckt sogar ausgezeichnet.
Plötzlich fällt dir auf, dass sie dich beobachtet und du wirst
verlegen, weil du so schnell gegessen hast.

„Schmeckt es dir?", fragt sie.
Du nickst nur mit dem Kopf, denn du findest deine Stimme
immer noch nicht, verzweifelt machst du einen weiteren
Versuch, in Worten zu antworten, einfach, um höflich zu
sein.
Ein gepresstes „Ja", bringst du endlich heraus, aber das ist
schon alles, und dieses einzige Wort scheint deine ganze
Energie verbraucht zu haben.
„Ich freue mich", antwortet sie und löffelt ihren Teller leer.
Auch du hast die Mahlzeit beendet und schaust auf die Uhr:
Es ist 23.30Uhr. Genau eine halbe Stunde vor Mitternacht,
der Hexenstunde.
Was für ein verrückter Gedanke, denkst du dir. Aber
vielleicht ist er auch nicht so verrückt und plötzlich erfasst

dich Panik - du musst weg sein bis Mitternacht!

Die alte Frau räumt den Tisch ab. Danach ergreift sie deine
warme Hand mit ihrer kühlen. „Du bist müde", sagt sie und
zeigt auf eine Schlafstelle in der Ecke. „Du wirst schlafen",
befiehlt sie.
Du merkst auf einmal, wie müde du bist. Der Gedanke an
ein Schlafmittel, das in der grünen Suppe gewesen sein
könnte, erreicht dich nicht mehr, so schnell fällst du in den
Schlaf.

Du wachst zu dem Augenblick auf, als du merkst, dass du
getragen wirst. Angestrengt versuchst du die Augen zu
öffnen. Das Bewusstsein kehrt langsam zurück und du
nimmst die Umgebung wahr. Unter dir liegen die
farbenprächtigen Blätter, die die Erde bedecken. Diesseits
und jenseits befinden sich die Grabsteine. Über dir ist der
schwarze Himmel, der nur vom Vollmond beleuchtet ist. Du
brauchst nicht auf die Uhr zu sehen, um zu wissen: Es ist
Mitternacht.

Die Frau trägt dich zu einem flachen ebenerdigen Stein, der
sich zwischen fünf Bäumen befindet. Sie legt dich auf die
Platte nieder. Die grüne Suppe hat dich so geschwächt, dass
du jeden Versuch aufgeben musst, zu kämpfen oder davon
zu rennen.
Du hast keine Chance.
Die Frau streckt die Arme dem Mond entgegen. Dabei
verändert sich ihre Erscheinung. Sie wird noch älter als sie
ist, ihre Kleider werden schmutziger und von Schlamm
bedeckt. Sie verwandeln sich in Lumpen.
Die Frau ist keine Hexe, sie ist eine Leiche.
Sie starrt in deine wilden entsetzten Augen und beginnt zu
sprechen. Sie spricht in einer alt klingenden Sprache, die du
nicht verstehen kannst, sie spricht zu dir, zu den fünf
Bäumen, zum Mond.

Du wünschst dir nichts mehr sehen zu müssen, du möchtest
nur noch aufwachen aus diesem schrecklichen Alptraum, du
möchtest dich wiederfinden in deinem eigenen bequemen
Bett daheim.

Aber du bist hier, und du bist nicht länger ein Teil deines
eigenen Körpers, du hast dich nicht mehr in deiner Gewalt.
Du stehst neben deinem Körper, schaust nieder auf das, was
du gewesen bist. Du hebst die Hand zum Gesicht, sie ist
faltig und verknöchert und du bekommst einen Schock.
Du weißt jetzt, dass du dich in dem Körper der alten Frau
befindest und sie sich in deinem. Du nimmst das Grab in
Anspruch, das für sie bestimmt war.
„Ich bin wieder jung!" schreit sie, lacht dich aus , lacht über
sich und verlässt den Friedhof. Sie schlägt das Eisentor
hinter sich zu und sie summt mit einer Stimme, die vorher
deine war. Ihr Ziel ist - dein Zuhause.
Sie weiß alles, was du weißt, deine intimsten Gedanken mit
eingeschlossen. Sie kichert, wenn sie an deinen neuen
Freund denkt, der niemals bemerken wird, dass du nicht du
bist. Freunde, die dich kannten, werden niemals erfahren
was mit dir geschehen ist. Sogar deine Eltern werden den
Unterschied nicht erkennen. Sie wird alles so machen, wie
du es gemacht hast, mit der Ausnahme, dass sie hin und
wieder einen Zauberspruch loslassen wird. Sie will sich an
einem langen jugendlichen Leben erfreuen und wenn ihr
neuer Körper altert wird sie sich einen neuen beschaffen,
gerade so, wie sie es in den vergangenen vierhundert Jahren
getan hat.
Als der Vollmond verschwindet beginnt ein neuer Tag - für
sie - nicht für dich.

Heidi Danner

Das Paradies

Ein kleines Mädchen hatte den Eingang zum Paradies
entdeckt. Es war ihr großes Geheimnis und niemand sollte
davon erfahren. Nach dem Essen, wenn Schularbeiten und
kleine Pflichten erledigt waren, rannte sie los. „Wo gehst du
hin?" fragte die Mutter. „In die Schlucht", war ihre
regelmäßige Antwort. „Sei vorsichtig und mache keine
Dummheiten!" rief die Mutter hinter ihr her.
Die Schlucht, von Menschenhand gegraben, war ein
Überbleibsel aus dem Napoleonkrieg. Napoleon hatte die
Nacht in dem alten Forsthaus, in dem das Mädchen lebte,
verbracht.
Sie liebte das mit Efeu eingewachsene alte Haus. Ein großer
Walnussbaum streckte neugierig seine Zweige bis an die
Fenster der oberen Zimmer. Der weite Hof hinter dem
Haus war ein idealer Spielplatz. Dahinter breitete sich ein
eingezäunter Obst- und Gemüsegarten aus. In diesen Garten
durfte man nur, um Beeren zu essen oder Mohrrüben aus
dem Beet zu ziehen. Angrenzend an den Hof, stand die alte
Scheune, in der die Kinder liebend gern Versteck spielten.
Begeistert war sie auch über den Auftrag der Förstersfrau, in
dieser Scheune die Eier zu suchen, die die Hühner hier
legten. Der Lohn war ein Ei, das sie sofort ausschlürfte.

Auf ihren Streifzügen hatte sie die alte Schlucht entdeckt.
Durch viele ineinander verwachsene Sträucher versuchte sie
sich den Weg zu bahnen. Sie stellte fest, dass es in die Tiefe
ging. Ihr Herz fing an zu klopfen, aber sie machte sich Mut
indem sie anfing zu singen. Kleine Lichtpunkte aus dem
verwilderten Abgrund zogen sie an. Ihre langen blonden
Zöpfe blieben immer wieder an den Sträuchern hängen und
ihr Kleid verfing sich in den Ästen. Plötzlich stand sie am
Ufer eines kleinen Sees. Mühsam sprang sie den Uferrand
entlang, bis sie einen großen, sicheren Stein als Standort
fand.

Das Wasser war tiefgrün, fast schwarz und über dem See tanzte die Sonne. Sie hatte sich durch die Baumkronen einen Weg gebahnt. Die Zweige, die der Wind hin und her wiegte, ließen die Sonnenstrahlen auf dem Wasser spielen. Die tiefe Stille wurde nur durch ein leises Rascheln des Windes unterbrochen. Versunken stand sie in ihren Gedanken. Sumpfdotterblumen, Gräser, Farnkraut, Seerosen und Iris, die Wasser und Ufer ineinander übergehen ließen, verzauberten sie.

In ihrer Fantasie glaubte sie, so schön könne nur der Eingang zum Paradies sein. Wie sieht es dort unten aus? Diese Gedanken beschäftigten sie sehr und sie fragte ihre Mutter. „Das Paradies", meinte die Mutter, „muss sehr schön sein. Man hat keine Sorgen mehr, es ist ruhig und still und vielleicht ist man glücklich."

Nun wusste sie es genau. Sie trug all ihren kindlichen Kummer, Wut und Ärger an den kleinen See. Still saß sie da, auf ihrem Stein und überlegte, ob sie nicht mal in die Tiefe schauen sollte. Irgend etwas hielt sie zurück.

Rosi Raab

Das Karussell

Ich sprach zu mir: „Wollen wir mal wieder los?"
Und die Antwort kam kurz und knapp: „Wohl an, lass uns keine Zeit verlieren."

Später, auf hoher See, keine Landmarke war sichtbar, fragte mein zweites Ich: „Was war der Anlass zur Eile? Gibt es einen besonderen Grund? Sag es mir."

Zurückgelehnt, in weichem Kapitänsstuhl, mehr hängend denn sitzend und mit einem Gesichtsausdruck der Aufbruchstimmung verriet, in diesem nahezu relaxten Zustand antwortete ich ruhig:
„Du kennst doch mein Karussell dort drüben an der Wand."
„Das mit den runden Magazinen?"
„Genau dies!"
„Wegen diesem sind wir losgesegelt, Hals über Kopf?"
„Jawohl, wegen diesem. Der wahre Grund sind aber die Gläser, die in den Magazinen stehen."
„Du sprichst von den leeren Gläsern, mein Freund."
„Von den Gläsern spreche ich, aber leer sind sie bei Leibe nicht, ganz im Gegenteil. Sie sind gefüllt mit Erinnerungen, gesammelt auf den vielen Reisen, die wir gemeinsam unternommen haben."
„Auf den Gläsern sehe ich Zahlen, Daten und Namen."
„Richtig! Symbole für Gedanken, die es wert waren, eingefangen, aufgehoben, konserviert zu werden."
„He, warum wirst du plötzlich so nachdenklich? Unser Schiff macht gute Fahrt, die Segel blähen sich im Winde, und ich habe dem Abenteuer schon gesagt, dass wir kommen." Dies hörte ich sehr eindringlich.
„Weißt du", sagte ich, „da gibt es ein Problem. Du siehst doch, dass ich zwei Sorten von Glasflaschen habe, die transparenten und die braunen. Die braunen lassen kein Sonnenlicht ins Innere, im Gegensatz zu den klaren, das

heißt viele meiner Erinnerungen in diesen speziellen Gläsern
sind verblasst, nur noch schemenhaft erkennbar - leider."

Soll ich nun Platz machen in den braunen durch Umfüllen –
oder provisorisch das neue Gedankengut in den hellen
aufbewahren?

Ich will nur braunes Glas! Schutz gegen das Vergessen!

Ich muss zum Laborfachhändler, Nachschub besorgen.

Wolfgang Weigelt

märchenhaft- metaphorisch

Ein modernes Märchen

„Ich stand vor dem Spiegel und wollte gerade Make-up auflegen, als mich meine Mutter rief. Ich sollte *sofort* zu ihr in den Garten kommen. So was Blödes. Ich mag nicht aus dem Haus gehen, ohne Wimperntusche, Lidschatten, Lippenstift und das alles. Ich sehe einfach schrecklich aus!“

„Oh ja, Melly, ich verstehe dich gut. Mir geht es auch so. Meine Mami sagt zwar ich hätte sowas nicht nötig, aber ich schminke mich seit der siebten Klasse oder schon seit der sechsten?“

„Ist ja egal. Aber es kommt noch schlimmer. Stell dir vor, meine Mutter drückte mir einen Korb in die Hand und wollte, dass ich einen Spaziergang zu meiner Großmutter mache, einen Spaziergang, so wie ich aussah und alles!“

„Nein, echt?“

„Natürlich hab ich auch nein gesagt, aber sie sagte keine neuen Klamotten, einen Monat lang, also, was blieb mir anderes übrig? Das würde ich nicht überleben, schließlich brauche ich eine neue Schlaghose und eine Kordjacke.
Zum allerletzten Mal, das schwöre ich, habe ich diesen alten Mantel angezogen, den vom letzten Jahr, du weißt schon, den mit der roten Kapuze.
Ich dachte, es ist am besten, wenn ich durch den Wald laufe, weil ich sonst sterben würde, wenn mich jemand so zu Gesicht bekäme....“

„Durch den Wald, Melly, bist du verrückt?!? Da spukt es! Also, da wäre es mir doch lieber, wenn mich jemand zu Gesicht bekäme!“

„Ach was, es spukt nicht wirklich in diesem Wald.
Allerdings, ich war schon auf halbem Weg zu meiner
Großmutter, als ich dieses dunkle, behaarte Monster sah, das
sich immer wieder hinter den Bäumen versteckte. Ich rannte,
aber es verfolgte mich!"

„Was war es? Ich hätte geschrien und wäre zurückgelaufen!"

„Ich habe wirklich keine Ahnung was es war, Sandra. So
beschloss ich einfach cool zu bleiben und ich habe mir
eingeredet es wäre nur ein Schatten von einem Vogel oder
so etwas und ging weiter. Dann bin ich über diese blöde
Wurzel gestolpert. Verflixt, hätte man nicht schon längst die
Waldwege teeren können? Ich bekam die Krise und begann
wieder zu rennen, der Schatten war immer noch hinter mir,
aber dann war er auf einmal weg, ganz plötzlich."

„Er war plötzlich weg, Melly?"

„Ja, habe ich doch gesagt, noch mal Glück gehabt. Es ging
mir besser und ich ging langsamer, denn ich wollte nicht
erhitzt und atemlos bei Großmutter ankommen. Ich ließ mir
viel Zeit und als ich endlich ihr Haus erreichte, war es schon
spät.
Ich hatte eine solche Wut im Bauch, auf meine Mutter...ich
meine, ich habe die Verbotene Liebe verpasst und den
Marienhof!"

„Das ist wirklich übel. Ich werde dir sagen was geschehen
ist: Nik hat mit Ana geschlafen, aber er ist unsterblich in Zoé
verliebt. Doro hat Crack genommen und ist auf Entzug,
aber das Schlimmste ist, Charly ist von einer Kobra gebissen
worden!"

„Was? Von einer Kobra?

Also, da muss ich dir sagen, mir ist etwas viel Schlimmeres
passiert! Pass auf, ich habe an Omas Tür geklopft und es
kam keine Antwort. Ich habe noch mal geklopft und da hat
sie mit ganz heiserer Stimme geschrien: `Komm herein mein
kleines Zuckerpüppchen.´
Ziemlich sonderbar, wenn ich darüber nachdenke. So hat sie
mich noch nie genannt. Sandra, sie sah entsetzlich aus, wie
sie so im Bett dalag. Mir war klar, dass sie eine schlimme
Erkältung hatte."

„Ich hoffe sie wird bald wieder. Bekommst du nicht immer
Taschengeld von ihr?"

„Sandra! Sprich nicht so! Sie ist meine Oma! Ich besuche sie
doch nicht wegen Geld. Außerdem hat sie mich gebeten aus
der Bibel vorzulesen, nur ein paar Seiten. Ich kann zwar mit
diesem Buch nicht viel anfangen, es ist alles so unglaubhaft.
Ich habe mich in den Schaukelstuhl gesetzt und habe
gelesen, aber sie hat gesagt ihre Ohren wären so zu, wegen
der Erkältung und ich sollte näher rücken, vielleicht ganz auf
das Bett."

„Und? Hast du dich auf das Bett gesetzt?"

„Ja, schon. Aber nach ein paar Zeilen, sie hat überhaupt
nicht zugehört, sie hat mich nur angestarrt und geschnupft,
da habe ich ihr ein Tempo gegeben. Und nun hör, ihre
Fingernägel hättest du sehen sollen! Extrem lang und spitz!
Nicht nur das, sie waren sogar scharf! Beinahe hätte sie das
Tempo zerrissen."

„Mensch, das hört sich an, als ob sie mal zu einer Maniküre
gehen sollte. Wie kommt das? Sie hat sich doch noch nie so
gehen lassen...."

„Jedenfalls, einmal hat sie gähnen müssen und ich habe ihre
Zähne gesehen. Sandra, die waren spitzig! Ich war entsetzt,
dass die Zähne so geworden sind und habe ihr einen
Kieferorthopäden empfohlen."

„Nichts für ungut, aber du hast womöglich ihre Gefühle
verletzt."

„Nein, denn sie hat nur gelacht und gesagt, ihre Zähne
wären dazu da um in mich hineinzubeißen. Ich konnte nicht
glauben was sie da gesagt hat! Nie hätte ich gedacht, dass
meine alte Oma Sinn für Humor hat! Und dann geschah es!"

„Was?"

„Sie hat mich angegriffen und ich habe gesehen, dass sie
riesige Augen hatte und die größte Nase! Und die Arme
waren soo lang! Sie hat gesagt, die wären dazu da, um mich
zu packen – ganz spezielle Großmutterarme. Aber es waren
keine Großmutterarme. Rate mal, Sandra, wem sie gehört
haben...."

„Weiß ich nicht. Vielleicht ist deine Großmutter ein
Gorilla."

„Witzig, witzig. Tatsächlich ist es ein Wolf gewesen. Ja, ein
Wolf. Der Wolf hat versucht, mich aufzufressen.
Glücklicherweise ist mein Vater mit dem Auto
nachgekommen. Er hat Angst gehabt, ich könnte im
Dunkeln durch den Wald heimgehen, und gerade, als der
Wolf über mich herfallen wollte, oder was auch immer, hat
mein Vater dem Wolf mit der Bibel auf den Kopf
geschlagen! Der Schlag war so heftig, dass der Wolf auf der
Stelle tot war.
Seltsam war nur, dass wir Großmutter nicht getroffen haben.
Wahrscheinlich hat sie sich bei ihren Freundinnen zu

Kuchen und Wein einladen lassen. Das macht sie
manchmal.“

„Sicher. Erzähle deine Geschichte doch dem Deutschlehrer.
Der freut sich, wenn seine Schüler Fantasie haben. Melly, du
bist wirklich verrückt. Ruf mich wieder an, wenn du normal
geworden bist, du weißt, mit normal meine ich Make-up,
Kleidung, Jungs.“

„Aber ich sage die Wahrheit! Sandra? Sandra??“

Alles, was Melly hörte, war das eintönige Tuten aus dem
Telefonhörer.
Aufgelegt.
„Warum glaubt mir denn niemand?“, murmelte sie und
blätterte das Telefonbuch durch, um die Nummer der
Gebrüder Grimm zu finden.
„Vielleicht, dass die mir zuhören...“

Heidi Danner

Das Lieblingsmärchen

Großmutter ging zur Kommode um das alte, abgegriffene Märchenbuch in ihre Hände zu nehmen und das Kind folgte ihr sogleich mit dem Fußschemel. Sie bestieg das auf dem Boden vor dem Fenster angebrachte Podest, um mit einem entspannten Seufzer zwischen den Ohren ihres Sessels zu verschwinden und das Kind ließ sich zu ihren Füßen nieder. Es wusste, dass die Gestalten aus Großmutters Geschichten das Buch verlassen würden und zu Menschen werden, die die Stube mit Leben erfüllten. Sie beantworteten ihre Fragen bereitwillig, trockneten ihre Tränen, die sie ob ihres unbarmherzigen Schicksals vergoss. Sie lachten mit ihr und freuten sich, wenn der Prinz sie und die Prinzessin auf den wiehernden Schimmel hob, um sie heimzuführen auf sein Schloss.

Nach einem langen Blick aus dem Fenster in das Tal des Flusses, an dem sie wohnten, fing Großmutter an zu blättern und sagte: „Heute gibt es etwas Weihnachtliches, das Mädchen mit den Schwefelhölzern, eines deiner Lieblingsmärchen", und sie begann: „ Es war einmal ein armes Mädchen...."

‚Wie gut ich es doch habe hier bei Großmutter im Warmen', dachte das Kind bei sich, ich kann mich immer in ihre Schürze flüchten und Trost suchen. Für mich brennen die Kerzen am Weihnachtsbaum nicht nur für eine Streichholzlänge, ich habe Vater und Mutter und Geschwister, ein warmes Bett und muss nicht in einer Hausecke erfrieren. Alle haben es gut bei uns zuhause, bis auf dieses andere Kind, das manchmal nachts sein Weinen schnell in das Kopfkissen drückt, damit es keiner hört. Dann geht auch es auf bloßen Füßen durch die kalte Dunkelheit auf der Suche nach etwas, mit dem es seinen Hunger stillen kann, es schaut in alle Ecken, kriecht frierend auf dem Fußboden umher, öffnet mit klopfendem Herzen und

zitternden Händen die Geldbörse der Großmutter, beim
kleinsten Geräusch zu Tode erschreckend.
Keiner sieht am nächsten Morgen das Dunkle, Erstarrte in
einer Ecke, das sich verlassen hat, um fröhlich mit den
anderen am reichgedeckten Tisch zu sitzen.

78

Heide Berger

zitternden Händen die Geldbörse der Großmutter, beim
kleinsten Geräusch zu Tode erschreckend.
Keiner sieht am nächsten Morgen das Dunkle, Erstarrte in
einer Ecke, das sich verlassen hat, um fröhlich mit den
anderen am reichgedeckten Tisch zu sitzen.

Korallenfinger

Sie hatte den Abend gemütlich vor dem Kamin verbracht
und noch zu später Stunde eine Flasche ihres
Lieblingsweines geöffnet. Bei jedem Nachschenken hielt sie
das Glas mit Genießerblick in Richtung Flamme,
bewunderte wiederholt seine tiefrote Farbe, prostete sich zu
und genoss jeden Schluck so wie das eben nur an einem
Abend wie diesem möglich war. Sie liebte solche Abende,
kostbare Stunden ganz für sich. Kein Telefonat, kein
Fernsehen, keine der Fragen wie: 'Woran denkst du gerade?'
Sie kuschelte sich wohlig in ihren bequemen Ohrensessel,
gedankenverloren die Fußspitzen betrachtend. Aus einer
Socke lugte die große Zehe sie an, als suchte diese
Unterhaltung. Nein danke, heute nicht. Wann hatte sie
zuletzt ein gutes Gespräch geführt, wohlgemerkt, ein gutes,
das der Nacharbeit lohnte? War es neulich, als sie mit Olli im
„Doppelpunkt" viel zu hastig eine Flasche süffigen Weines
trank? Oder war es bei dieser Party, einem bunten Völkchen
aus Theaterleuten, unbekannten Künstlern und einer
Handvoll Möchtegernschauspielern? Als sie mit Donald zu
flirten anfing, eine Laune aus dem Bauch heraus, wo sie
Sekt-Orange eins zu eins tranken, die Kosten auf seine, der
Alkohol auf ihre Rechnung? Ein gutes Gespräch und ein
interessanter Typ, beides war in letzter Zeit für sie gleich
schwer zu finden. Um so mehr liebte sie Stunden wie diese,
in welchen sie ihren Gedanken nachhängen konnte und sich
selbst genügte. Während sie so sinnierte drang ein Laut an
ihr Ohr und schreckte sie aus ihren Überlegungen. Es hatte
sich angehört wie das kurze Schnattern einer der Gänse aus
Nachbars Garten. Zufällig aber wusste sie, dass diese als
Martinsbraten bereits ihrer Bestimmung zugeführt worden
waren. Sie überlegte noch woher das Geräusch wohl
gekommen sein mochte, als ihr Blick zur Tür fiel, die eine
Handbreit offen stand. Nachtschwarz erschien der Spalt. Sie
war sich sicher, die Tür bei ihrer Rückkehr aus der Küche

geschlossen zu haben. Zu weiterem Nachdenken blieb keine
Zeit, schon erklang dieser eigenartige Laut erneut und sie
bemerkte nun neben dem Fußschemel einen Frosch.
„Tagchen“, sagte dieser und hüpfte mit elegantem Sprung
auf den Hocker zu ihren Füßen. „Ich bin ein verzauberter
Prinz und du kannst mich erlösen!“
Sie betrachtete ihn interessiert und sagte: „Du scheinst ein
Korallenfinger zu sein der eigentlich in Australien
beheimatet ist.“ Er hatte die Größe einer kräftigen
Männerfaust und war von schilfgrüner Farbe. Seine gelbliche
Kehle ließ darauf schließen, dass es sich hier um ein
Männchen handelte.
„Aha, mit Fröschen scheinst du dich auszukennen, mit
Prinzen sieht es da schon schlechter aus!“
„Und du bist für einen Frosch ziemlich vorlaut.“
„Ich kann mir auch etwas Besseres vorstellen als hier albern
vor dir herum zu hüpfen. Mädchen, ich bin ein Prinz, küss
mich und du hast ausgesorgt.“
Während er dies sagte rückte er näher an sie heran, reckte
den Kopf nach vorne und sah sie aus bernsteinfarbenen
Augen an. Ein wacher kleiner Kerl. Die Unterhaltung fing an
ihr Spaß zu machen. „So, du bist also ein verzauberter Prinz.
Wie kommst du darauf, dass ich auf der Suche nach einem
bin?“
„Das sieht doch eine halbblinde Erdkröte. Du tust doch
nichts anderes mehr. Wenn du auf Tour bist, schätzt du die
Männer ab, prinzentauglich, ja, nein. Jetzt mache ich es dir
schon einfach und du stellst dich so an. Ich b i n ein
verzauberter Prinz, küss mich und du wirst es nicht
bereuen.“
„Das haben schon ganz andere gesagt und entpuppten sich
bei näherem Hinsehen als eingeschlafene Socken.“
Neugierde hatte er in ihr geweckt, das war nicht zu leugnen.
Sie berührte ihn leicht und folgte mit dem Finger der
gerundeten Bauchkontur, spürte wie er leicht erbebte. „Wer

sagt mir, dass du dich nicht als Macker entpuppst, den ich
dann nicht mehr los werde?"
„Wer sagt mir, dass du nicht eine falsche Prinzessin bist, bei
der ich nach ehelicher Unterdrückung erst recht zum Frosch
mutiert, deine Rachefeldzüge über mich ergehen lassen
muss?"
Das nahm ihr dann doch den Atem. Sie sah, wie sich seine
schwarzen Pupillen verengten, während er ihr diesen Satz
entgegen schleuderte. Momentan hatte er sich wieder in der
Gewalt, schaute sie treuherzig an und fuhr mit weicher
Stimme fort: „Ich bin dein Märchenprinz, ich verspreche dir,
mit mir wird es dir nicht langweilig werden. Küss mich und
du hast deinen Prinzen." Er drückte die Augen zu und
spitzte ihr seine Lippen entgegen.
Da nahm sie den Frosch mit beiden Händen von der Decke
auf und schleuderte ihn mit aller Kraft an die Wand. Mit
einem ekligen Laut zerbarst sein Körper und hinterließ einen
hässlichen Fleck.

Am nächsten Morgen entfachte sie erneut die Glut im Ofen,
und als es klingelte, war sie mit den Frühstücksvorbe-
reitungen fast fertig. Normalerweise blieb Lothar am
Wochenende über Nacht. Wenn er sich aber zu seinem
Männergesprächskreis traf, kam er immer erst am
Sonntagmorgen. Worüber sie sich dort unterhielten, hatte er
ihr nur sehr vage erzählt, und sie wollte auch nicht weiter
danach fragen. Sie führten eine dieser modernen
Beziehungen, in welchen jeder seine eigene Wohnung hat
und man sich bei auftauchenden Schwierigkeiten in seine
vier Wände zurückziehen konnte. Eigentlich kamen sie gut
miteinander zurecht. Als Lothar zu Ende gefrühstückt hatte,
verschränkte er zufrieden seine Hände hinter dem Kopf und
fragte, ob sie ihm nicht ihre neueste Geschichte vorlesen
wollte. Als sie schließlich geendet hatte, klappte sie das Buch
zu und sah ihm direkt in die Augen. Ein seltsam
hintergründiger Blick traf sie, den sie noch nie an ihm

wahrgenommen hatte. Während sie noch überlegte, ob er den wohl aus seiner Männergruppe mitgebracht haben mochte, hörte sie ihn fragen: „Sag mal, wie kommt es zu diesem grässlichen Fleck dort an der Tapete und wer zum Teufel ist Donald?".

Chris Ladwig-Siebenbrodt

Auf und davon

Selbst im Nachhinein habe ich Mühe, das Geschehene in
Worte zu fassen und so ganz weiß ich auch heute noch
nicht, wie das alles ausgerechnet mir passieren konnte.
Manchmal beschleicht mich beim Erzählen sogar das
Gefühl, dass mir niemand so recht glauben will.

Es war nichts Besonderes los gewesen an jenem Nachmittag.
Mit einer Limo im Schatten den Tag zu verdösen erschien
mir gar zu langweilig und für einen Kaffeehausbesuch war
ich einfach nicht in Stimmung. So setzte ich mich in die alte
Straßenbahn und zuckelte ziellos durch die Stadt.
Irgendwann stieg ich wohl aus und bummelte
gedankenverloren durch die Gassen. Ich erinnere mich
noch, dass sich hier die aufkommende Gewitterschwüle
nicht so unangenehm bemerkbar machte. Richtig zu mir
kam ich eigentlich erst wieder als ich bereits mitten in jenem
Laden stand. Augenblicklich war es zu spät für mich um
noch Reißaus zu nehmen. Ich hatte I H N entdeckt! Und in
meinen Augen sah er verdammt gut aus. Seine Wirkung auf
mich ließ mich Wurzeln schlagen. Bei jedem Blick, den ich
riskierte, entdeckte ich neue liebenswerte Details, die zu
beschreiben mir die passenden Worte fehlen. Er war nicht
sehr groß, hatte feines, braunrotes, kurzes Haar, das teilweise
fast ins Kupferrote überzugehen schien. Bei näherer
Betrachtung bemerkte ich wohl die hellen Fäden und auch
schon kahle Stellen, die besagten, dass die Jahre nicht
spurlos an ihm vorüber gegangen waren. Eigentlich war er
zu alt für mich und ich sollte am besten die Finger von ihm
lassen.

Mich hatte es jedoch bereits eiskalt erwischt und logischen
Argumenten wäre ich zu diesem Zeitpunkt schon nicht
mehr zugänglich gewesen. Ich muss zugestehen, er sah sogar
etwas verlebt aus, ein bisschen müde. Wahrscheinlich hatte

er viel mitmachen müssen und hätte sicherlich einiges zu erzählen, wenn ihm nur jemand einmal die nötige Aufmerksamkeit zukommen lassen würde. In Gedanken pflegte ich ihn bereits liebevoll und gab ihm Gelegenheit, sich von seiner besten Seite zu zeigen. Wie gesagt, ich schwebte auf Wolken, war wie elektrisiert.

Genau ist mir nicht mehr in Erinnerung, wie ich es schaffte, meine Adresse dazulassen und in meine Wohnung zurückzukehren; so wie mir auch entfallen ist, auf welche Weise ich die Tage bis zum Wochenende zubrachte bis endlich die Glocke die Stille zerriss.

Den Nachmittag verbrachte ich mit meiner Errungenschaft im blitzblank geputzten Wohnzimmer, die Terrassentüren weit geöffnet. Ganz in der Ferne plärrte ein Radio. Ich hatte mich sachte auf ihn gelegt, die Hände dicht an ihn gepresst, als er sich plötzlich unter mir zu schaffen machte. Bevor ich begriff wie mir geschah, hatte er sich erhoben und einmal um sich selbst gedreht. Huckepack schwebte er mit mir alsbald durch die offenen Flügeltüren ins Freie.

Man stelle sich mich auf einem Teppich vor, über Wiesen in Richtung Wald davonfliegen. Aber ich erwähnte ja bereits zu Beginn, dass mir die Geschichte keiner so recht abnimmt.

Chris Ladwig-Siebenbrodt

Im Graswald

Nur noch ein paar Sonnenstrahlen fallen zwischen den
Baumwipfeln auf dem Bergrücken in das enge Tal herab. Ich
ziehe meine Wanderstiefel aus, massiere kurz die Zehen und
lasse mich auf den Rücken ins Gras fallen. Es ist so hoch,
dass ich den kleinen Bach nebenan nur noch hören kann. Er
plätschert träge vor sich hin. Mit einer müden
Handbewegung verscheuche ich eine Schnake, dann sinke
ich weg.

Kaum spürbar kitzelt mich etwas am Ohr. Ich neige den
Kopf zur Seite hin und sehe gerade noch etwas zwischen
den Grashalmen davon rennen. Ein feines, glöckchenhelles
Stimmchen lacht lauthals. Es muss ganz in der Nähe sein.
Hinter einem Spitzwegerichblatt bewegt sich ein weißes
Tüllfetzchen. Es wippt bei jedem Ha – ha des Lachens
federleicht auf und ab.

Behutsam schleiche ich mich mit Daumen und Zeigefinger
an und greife, als ich nahe genug bin, beherzt zu. Abrupt
hört das Lachen auf. Ein spitzer Schrei entfährt dem kleinen
Wesen, das sich heftig zappelnd gegen meinen Griff wehrt.
„Grober Mensch! Du tust mir weh – auaaa – und du
zerknitterst mein schönes Sommerröckchen. So lass mich
doch endlich los!"

Als ich meinen Griff nicht gleich lockere, beißt mich das
süße Ding in den Finger. Es tut kaum weh, gerade so, wie
wenn eine Ameise piekst. „Entschuldige, wenn ich dir weh
getan habe. Nur etwas näher anschauen wollte ich dich." Ich
öffne meine Hand und sofort hüpft es mit einem
federleichten Hopser zur Erde. Mit einem empörten „Püh"
zupft es sich das weiße Tüllröckchen zurecht und streicht
die langen, silberblonden Haare aus der Stirn. „Gestatten Sie
mir eine Frage, gnädigstes Fräulein?", – erneutes

Röckchenzupfen und ein koketter Blick von der Seite. „Du bist mir ja vielleicht einer! Sag jetzt bloß nicht, dass es sonst nicht deine Tour ist, junge Frauen einfach so anzusprechen!" Wie gut, dass Traudl nicht gerne wandert, denke ich und setze übermütig nach: „Sag mal, bist du etwa eine Elfe?" Kaum ist das letzte Wort heraus, brüllt der mächtige Felsbrocken auf der anderen Seite des Bachs drohend auf. Erschrocken fahre ich hoch und das Elfchen entwischt leichtfüßig im hohen Graswald. Dafür steht plötzlich, wie aus dem Boden gewachsen, ein riesiger Zwerg neben mir. In der einen Hand hält er einen Schirm über mich, in der anderen eine blecherne Gießkanne, aus der er mich mit Wasser übersprüht. Er braucht dazu den Arm nicht einmal abzuwinkeln, so groß ist er. Aber ich schwöre, es ist ein Zwerg. Etwas verwirrt wage ich die Frage, wozu er denn seinen Schirm über mich halte und mich nebenbei aus seiner Kanne begieße. „Weil ich alleine es sein will, der dich nass macht. Aber das verstehst du Winzling ja doch nicht!", antwortet der Zwerg von weit oben herunter. Seine Stimme knarrt wie ein alter Eichenstamm im Sturm.

Mir fällt auf, dass immer dickere und schwerere Wassertropfen auf mich niederprasseln. Dabei müsste die Gießkanne doch längst leer sein! „Aha, nicht nur ein Riesenzwerg, sondern auch ein Zauberzwerg bist du." Halb belustigt, jedoch auch etwas verärgert über die hochmütige Antwort von vorhin fahre ich fort: „Wenn du also schon hexen kannst, dann lass doch mal den vorlauten Felsbrocken da drüben verschwinden!" Kaum habe ich ausgeredet, fährt der Kerl wie ein Blitz hinauf an den Himmel, flitzt dort unentschlossen ein paar mal hin und her und verschwindet spurlos. Im selben Augenblick stoßen die Felsbrocken des ganzen Tales so lautes Gebrüll aus, dass die Erde unter mir erzittert.

Etwas benommen stelle ich fest, dass es zu regnen begonnen hat. Ein Blitz zuckt über den Himmel. Ich zähle gerade drei Sekunden, bis der Donner durch das Tal grollt. Schnell ziehe ich meine Schuhe an, streife den Anorak über. Und dann nichts wie auf nach Lauterach, wo mein Auto auf mich wartet.

Nach dem Abendessen schaut mich Traudl verwundert an, als ich sorgfältig ein winziges weißes Fädchen – es ist kaum sichtbar – von meinem Pulliärmel zupfe.

Winfried Moosmann.

Fleischfresser

Unser Forschungsteam ist tief in den Urwald vorgedrungen.
Ein schmaler, kaum wahrnehmbarer Pfad führt uns bergan
und bergab durch Flusstäler und über gestürzte Baumriesen.
Dann gibt es keinen Pfad mehr, unsere Führer hacken sich
mit Buschmessern den Weg frei. Wir sind auf der Suche
nach neuen Heilpflanzen. Zu sehen wie mit jedem
Messerhieb wertvolle Gewächse vernichtet werden,
schneidet mir ins Herz.

Warum bin ich hier? Das Pharmaunternehmen zahlt sehr
viel Geld. Aber ist das die Mühe wert ? Ich hasse den
Urwald, das wird mir mit jedem Schritt in diese
moskitoausbrütende Hölle klarer. Ich bleibe stehen und
wische mir mit einem dreckigen Taschentuch den Schweiß
von der Stirn.

Mein liebenswürdiger Kollege sieht mich abfällig an. Ich
winde mein Taschentuch aus und vernichte demonstrativ
einen Moskito. Sie hassen mich alle. Ich halte sie nur auf.
Endlich werden die Zelte für die Nacht aufgebaut und die
Wachposten eingeteilt. Ich beschließe mich ein wenig
umzusehen. Wir sind noch nicht am Ziel unserer Reise, aber
vielleicht finde ich schon jetzt ein paar interessante Pflanzen.
Ein kurzer Streit mit dem Wachposten. Nach dem Versprechen, gleich wieder zu kommen und in Rufweite zu
bleiben, lässt er mich gehen.

Ich dringe in das Dickicht ein und gehe den Weg des
geringsten Widerstandes. Wenn sich eine Lücke im
Gestrüpp ergibt, schlüpfe ich durch. Es dämmert und die
Hitze lässt nach. Der Urwald fängt an aufzuatmen. Fremde
Düfte und Geräusche sind überall. Die Vögel nehmen
Abschied von der Sonne. „Ich hasse dich doch nicht", sage
ich zum Wald.

Plötzlich vor mir, ein rotes, pulsierendes Leuchten. Ich bewege mich darauf zu. Meine Beine gehorchen mir nicht mehr. Ich muss zurück ins Lager denke ich und bekomme Panik. Eine riesige fremdartige Blume schimmert auf einer kleinen Lichtung. In ihrem Umkreis wächst nichts mehr außer Gras. Ihre blutroten Blütenblätter wölben sich weit nach außen, das Innere ist indigoblau mit gelben Punkten. Sie duftet betörend frisch und belebend. Die Punkte in ihrem Inneren üben eine hypnotische Anziehungskraft auf mich aus. Ich zwinge mich, nicht hinzusehen. Doch sie zieht mich magisch an. Sie ist so wunderschön und voller Leben. Als ich in ihrer Reichweite bin, verschlingt sie mich.

Am nächsten Morgen werde ich gesucht, doch keiner findet mich. Das Forschungsteam geht ohne mich weiter.
Ich treibe durch den Raum, leicht, körperlos, Zeit existiert nicht mehr, bin frei.

Dann werde ich ausgespuckt. Ich knie ganz nass und nackt auf der Lichtung im Gras. Die Blütenblätter sind wieder geöffnet.
Ich habe mich verändert, bin Teil der Pflanze geworden. Meine Haut ist grün, meine Haare blutrot und meine Augen indigoblau mit gelben Punkten, ohne Pupillen und ohne Iris, und trotzdem sehe ich so scharf wie nie. Ich höre die Pflanzen wispern, die Erde atmen und das Gras raunen. Sie heißen mich willkommen. Voller Erstaunen sehe ich in meine Hand. Meine Finger umfassen ein apfelgroßes Samenkorn. Es ist braun und ganz unscheinbar. Doch ich spüre wie es lebt und mich mit sich zieht.

Ich renne durch den Urwald, schwinge mich von Baum zu Baum, stürze mich in Flüsse und schwimme ans Ufer. Keine Schlange beißt und kein Moskito sticht mehr. Ich bin der Urwald und ich bin glücklich. Schließlich halte ich auf einer Lichtung an. Die Blume ist honiggelb mit orangenen

Tupfen. Ich halte ihr das Samenkorn entgegen und sie
verschlingt es.
Dann setze ich mich vor sie ins Gras und warte. Als ich es
wieder erhalte ist das Samenkorn grün und reif. Ich bringe es
zu seinem Bestimmungsort. In einem Jahr wird dort eine
kleine Lichtung entstanden sein, auf der nichts wächst außer
Gras und einer besonderen, sehr seltenen Blume.

Sandra Single

Begegnung

Der kühle Nachtwind verursachte ihr Gänsehaut. Es war
Zeit nach Hause zu gehen. Sie hatte sich vor einer halben
Stunde hier auf den großen Granitstein neben der
Hagebuttenhecke gesetzt, um den Sonnenuntergang zu
betrachten. Jetzt war es nur noch schwach hell und trotzdem
blieb sie sitzen. Es war so herrlich ruhig. Nur einzelne
Nachtgeräusche drangen an ihr Ohr. Nach der drückenden
Tageshitze war der aufkommende Nachtwind sehr
erfrischend. Während sie ihren Gedanken nachhing wurde
es immer dunkler. Die bleiche Mondsichel lächelte ihr zu
und die ersten Sterne waren zu sehen. In der Dunkelheit,
fern ab jeder Straße, fühlte sie sich seltsam geborgen. Sie ließ
ihre Gedanken schweifen, dachte an alte und neue Freunde,
als sie plötzlich in der Ferne ein Geräusch vernahm. Sie
konnte nicht genau sagen was es war, aber irgend etwas
daran war seltsam. Deshalb stand sie auf und schlich
vorsichtig darauf zu. Vielleicht benötigte jemand ihre Hilfe?
Sie durchquerte mühsam einen kleinen Wald und kam zu
einer Lichtung, die in ein seltsam fahles Leuchten gehüllt
war.
Ein Schimmel mit Schwanenflügeln und Sternenmähne
kämpfte dort gegen einen schrecklichen Dämon.
Schlangenhaar, Löwentatzen und Adlerschnabel waren
verschwommen im Dämmerlicht auszumachen. Das
Geräusch, das sie hergeführt hatte war kein Hilferuf,
sondern ein wütendes Wiehern. Starr vor Schreck blieb sie
am Rande der Lichtung stehen. Die Krallen des Greifwesen
hatten schon tiefe, blutige Spuren in das weiße Fell gerissen.
Aber das Pferd wehrte sich. Es schlug aus, biss und nützte
jeden Vorteil, der sich bot.

Als es plötzlich über eine Wurzel stolperte, schien sein
Schicksal besiegelt. Das Schattenwesen holte zum
entscheidenden Schlag aus, als ein schriller Schrei über die

Lichtung gellte. Der Angreifer war abgelenkt. Feueraugen trafen die Frau. Das Pferd verbiss sich in die Kehle des Schattenwesens. Mit aller Wut und Kraft bäumte sich der Dämon auf und schleuderte den Schimmel hin und her. Doch der Biss saß zu tief und fest. Der Angreifer ging in die Knie, ein letztes Zucken und er lag still. Erschöpft und mit gesenktem Kopf stand das Flügelpferd da. Dann bewegte es sich langsam auf die Gestalt am Rande der Lichtung zu. Fliederfarbene, warme Augen sahen die Frau an. Sie hatte geschrien. Doch sie konnte sich nicht daran erinnern. Ihre eigene Stimme lag ihr fremd in den Ohren. Nun sah sie dieses wunderbare Wesen an und sie spürte unendliches Glück. Sie dachte nichts könne sie mehr verwundern. Als das Pferd zu sprechen begann, war sie dennoch überrascht. „Was du heute getan hast, bleibt unvergessen bis die Ewigkeit mich sterben lässt. Ich bin Pegasus, des Dichters Wort und Gedanke."
Pegasus legte sein Maul sanft in ihre Handfläche. Sie spürte ein Kribbeln in den Fingern. „Ich danke dir", sagte Pegasus. Ein letzter Blick aus fliederfarbenen Augen, dann schreckte sie hoch. Sie lag neben dem großen Stein von dem aus sie aufgebrochen war. Im Sternenlicht konnte sie einen kleinen schneeweißen Fleck in ihrer Handfläche erkennen.

Sandra Single

Feuersturm

Der Sturmwind rüttelte an den Fensterläden, begleitet von einem hohen Pfeifton, der anschwoll und wieder in der Ferne verklang. Es war tief in der Nacht und die Bewohner der kleinen Hütte schliefen fest.
Das Kaminfeuer war heruntergebrannt, doch plötzlich stoben Funken aus der Glut durch die Luft. Beim Herunterschweben verwandelten sie sich in kleine Lichtgestalten. Zierliche kleine Gestalten, die zu flackern schienen wie das Feuer selbst. Sie landeten auf dem Teppich vor dem Kamin und hinterließen schwarze Brandflecken. Winzige Feuerflügel zierten ihren Rücken und durch das Licht, das sie ausstrahlten, wurde der Raum erhellt.
Eine liebliche, leise und getragene Musik fing an zu spielen. Eine gehauchte, kaum wahrnehmbare Melodie, die durch die Decke zu sickern schien. Dann wurden die Töne schneller und wilder und verbanden sich mit dem Sturmwind vor der Hütte.
Die Feuerwesen fingen an zu tanzen. Am Anfang berührten ihre Füße kaum den Boden. Sie schwebten dicht über der Bodenfläche, verbeugten sich, neigten sich einander zu, berührten sich sacht und flogen wieder auseinander. Doch mit zunehmender Intensität der Musik wurden ihre Sprünge höher und wilder. Sie tanzten vom Teppich auf den Tisch, flogen vom Tisch zu den Vorhängen und ließen sich auf den Schrank fallen um dort weiter zu tanzen. Sie knallten aufeinander und stoben in einem Funkenregen wieder auseinander und überall wo sie waren, brach Feuer aus.
In kürzester Zeit stand alles in Flammen. Das Feuermeer verschlang die Tür und breitete sich aus. Die Musik und der Tanz hatten ihren Höhepunkt erreicht.

Nichts blieb verschont - kaum etwas widerstand. Doch auch den Feuerwesen war nichts mehr geblieben als feuchtes Gras.

Sandra Single

König Ätznatron

Schon vor langer Zeit lebten gegenüber der nördlichen
Landplatte, jenseits der großen destillierten Wasserseen
König Ätznatron und - ach ja - seine reizende Gattin,
Königin Essigsäure.

Der Stammbaum König Ätznatrons ist belanglos, darum soll
nur erwähnt sein, dass ihn eine Base des Hauses Laugen als
lediges Kind zur Welt gebracht hatte. Die damaligen
Verhältnisse im Hause Laugen wirkten sich günstig für ihn
aus, denn er blieb der letzte männliche Nachfahre und erbte
somit das Recht auf den Thron.

Nachdem der greise Laugenkönig gestorben war, begann
Ätznatrons rechtmäßige Herrschaft über die Laugen.
Entgegen der Etikette hatten Krönung und Thronbesteigung
ohne offizielle Feierlichkeiten stattgefunden, denn die
Laugen schämten sich, dass einer, der als lediges Kind
geboren und bisher nur durch Fressgier aufgefallen war, nun
ihre Königskrone tragen sollte. Ätznatron fühlte sich
deswegen nicht gekränkt, ihn hatten Feierlichkeiten dieser
Art zu keiner Zeit interessiert. Wovon Ätznatron allerdings
niemals genug kriegen konnte, waren samt und sonders
Substanzen von organischer Herkunft, die er sich mit Haut
und Haar einverleibte. So blieb es nicht aus, dass er immer
fetter wurde.
Die Kunde von der Fettsucht des neuen Laugenkönigs
erreichte nach absehbarem Zeitablauf, begünstigt durch den
Tratsch der Waschlaugen, die Mauern des Königreichs der
Säuren. Über dieses Reich herrschte ein gewisser König
Eisessig, der als einziges Kind die schon erwähnte
Essigsäure seine Tochter nannte.

Zur Zeit der Reife von Prinzessin Essigsäure wohnte kein
Jüngling innerhalb der Mauern des Säurenreiches, der zur

Begattung geeignet gewesen wäre, weswegen sich König
Eisessig nach langem Hin und Her entschloss, die voll
entwickelte Jungfrau in fremde Hände zu geben.
Der Entschluss, sie mit König Ätznatron verkuppeln zu
lassen, war aus Machtgier gereift. Eisessig spekulierte
nämlich darauf, die Heimat des Gleichrangigen in das
Säurenreich einzugliedern. Die Vermählung seiner Tochter
mit dem blöden Ätznatron, wie er ihn nannte, passte
geradezu trefflich in diesen Plan. Die Ereignisse während der
Hochzeitsfeierlichkeiten füllten hinterher die Klatschspalten
der Boulevardblätter. Wie die Geier, dauernd auf der Suche
nach Beute zum Ausweiden, hatten Scharen von Reportern
das Brautpaar unentwegt umkreist. Nicht die geringste
Bewegung war ihren geschärften Blicken entgangen.
Am nächsten Morgen prangten die Schlagzeilen auf den
Titelseiten:
„Ätznatron hatte nur Augen für fette Speisen und Cremetorten"
„Ätznatron kümmerte sich überhaupt nicht um Essigsäure"
Die Blätter wussten überdies zu berichten, Essigsäures
stechender Reiz habe bei Ätznatron keine Regung bewirkt.
Und weiter behaupteten sie, es sei in der Hochzeitsnacht
vermutlich weder zu Zärtlichkeiten, noch zur Entjungferung
gekommen.

Die Behauptung sollte sich bald als Tatsache herausstellen,
denn die Monate gingen ins Land, ohne dass sich Essigsäure
veränderte.
Bald war ein Jahr um.

Eines Abends, als Essigsäure wieder mal Lackmuspapier rot
färbte, sich dabei über das Papier niederhockte und es
netzte, spürte Ätznatron eine ihm unbekannte Kraft
wachsen. Ätznatron konnte diese Kraft nicht zügeln, sie
trieb Hitzewellen in all seine Glieder.
Er bekam einen anderen Blick; auf einmal hatte er Augen für
Essigsäure. Er sah wie sie über dem Papier hockte und wie

sie es netzte. Außerdem schien jene Kraft durch die Luft zu wirken, denn Essigsäure blickte auf, entblößte die nassen Zähne und sandte Blitze aus funkelnden Augen zu Ätznatron hinüber.

Und dann geschah alles gleichzeitig: Mit einem Male stand Ätznatron vor Essigsäure. Unversehens umschlangen ihre Arme seinen Hals, wie von selbst versanken die durstigen Lippen ineinander.
Ätznatron spürte warmen Speichel in seinen Mund sickern. Da wich alle Kraft aus ihm.
Als er sich wiederfand, hielt er den von einem lautlosen Lachen geschüttelten Körper Essigsäures, die sich selbst wie ausgelaugt fühlte und ihn, seiner nun überdrüssig, wegschob.
Dieses Erlebnis prägte sich in beider Gemüt so nachhaltig ein, dass sie nie mehr den Mut zu einer Umarmung fanden. Die Ehe blieb kinderlos und drohte zu scheitern. Damit wäre König Eisessigs Plan vereitelt gewesen.
Doch das launische Schicksal änderte den Lauf der Dinge.

In vollmondheller Nacht strandete ein vom Rost angefressenes Schiff an den Gestaden des Säurenreiches. Mit schwerer Schlagseite war es wochenlang führungslos in der Strömung getrieben, bis sich der rostrote Bug in den schroffen Lavafels der steil aufragenden Küste bohrte.

Ein Fischer, der den Bismarckheringsschwärmen in die Säurebucht gefolgt war, entdeckte das Wrack.
Der Bug stak im Fels, das Heck wippte in der Brandung. Schrill stieg der Gesang des sterbenden Schiffes aus den bebenden Stahlwänden. Der erfahrene Seemann wusste, was bevorstand: Bald, vielleicht schon in wenigen Stunden würde der Bug abgebrochen sein und dann gnade Gott: Wieder und wieder würde das Wrack von der Brandung gegen die Felswand geworfen und in Stücke geschlagen werden. Nach

dem nächsten Sturm würden die Reste im Grunde der See
begraben liegen.

Altem Strandrecht gemäß, stand dem Finder Bergelohn für
die Schiffsladung zu. Der Fischer verlor keine Zeit. An Bord
fand er indes nur einen halb verhungerten Passagier, der sich
vor den Ratten im Steuerhaus versteckt gehalten hatte.

Obzwar maßlos enttäuscht, weil ihm der Bergelohn
entgangen war, nahm er den Schiffbrüchigen in seine Obhut,
wo jener vom gezuckerten Tee, vom Salzfleisch, Zwieback
und Rum wieder zu Kräften kam.

Nun erzählte der Findling, er sei Professor der
Naturwissenschaften und auf Expeditionsfahrt in einen
Orkan geraten. Das Schiff, ein ausgemusterter
Bananenfrachter, habe durch schwere Brecher und mehrere
querab übergekommene Seen Schlagseite gekriegt. Der
Kapitän, ein angehender Rentner, habe überraschend das
Kommando „rette sich wer kann" gerufen und als erster sein
Schiff verlassen, gleichwohl es noch steuerbar gewesen sei.
Während er unersetzliche Forschungsaufzeichnungen aus
der Kabine geholt habe, hätten die Rettungsboote
losgemacht und ihn im Stich gelassen.

Nun erzählte der Fischer vom Säurenkönig, von Essigsäure
und Ätznatron und deren Problem.

Dadurch hatte er die Neugierde des Wissenschaftlers
geweckt, der andern Tags vor lauter Aufregung ohne zu
frühstücken überstürzt aufbrach.

Dank genauer Wegebeschreibung, die er vom Fischer
erhalten hatte, erreichte der Professor das Säurenreich schon
zur Brotzeit und ließ sich bei König Eisessig anmelden.
König Eisessig hieß den Wissenschaftler bei Sauerteigbrot,
Essiggurken und Dickmilch im Kreise des versammelten
Hofstaates willkommen. Ohne Umschweife kam er auf
Essigsäures Schwangerschaftsausbleiben zu sprechen. Falls
es dem Professor gelänge, eine Schwangerschaft zu

ermöglichen, solle er reich belohnt werden. Man führte den Professor in die königliche Schatzkammer, wo Salpetersäuren gemeinsam mit Salzsäuren den größten Goldklumpen der Welt abschmolzen. Dieser Goldklumpen gehöre demjenigen, der das Problem lösen könne, ließ der König verkünden; und weiter, derjenige müsse sich aber beeilen, denn er habe den Säuren befohlen, Tag und Nacht zu arbeiten.

Der, sagen wir mal, Ehrgeiz des Professors war nun angestachelt. Er ließ sich unverzüglich zu Essigsäure bringen und begann mit der Untersuchung. Unglücklicherweise standen ihm keine Gummihandschuhe zur Verfügung, weshalb die Haut der ungeschützten Hände bis auf's Fleisch aufsprang. Überdies tränten ihm die Augen, wegen des Geruches, der Essigsäure entströmte. Dermaßen gepeinigt brach der Professor die Untersuchung ab und teilte König Eisessig im Untersuchungsbericht mit, er bedaure, eine Schwangerschaft Essigsäures auf natürliche Weise sei unmöglich.

Der König befahl daraufhin den Wissenschaftler zu sich, um vorzuschlagen, der Herr Professor möge Ätznatron ein Schlafmittel verabreichen, und solle dann, sobald jener in Tiefschlaf gefallen sei, die Schwängerung selbst vollführen. Der Professor besah seine Hände, die von nässendem Schorf und brennenden Geschwüren überzogen waren und lehnte ab.

Nun wurde König Eisessig jähzornig. Er gab Befehl, den Ungehorsamen in den Kerker zu werfen, wo er bis zum Sankt Nimmerleinstag schmoren solle, falls ihm nicht zuvor eine Lösung eingefallen sei.

Die Stille und die Dunkelheit im kühlen Verlies legten sich schwer auf das Gemüt des Gefangenen. Er stand knapp davor, sich durch Luftanhalten das Leben zu nehmen. Zum Glück sagte ihm eine innere Stimme, er solle damit warten,

weil sich die Dinge mit der Zeit noch immer geändert
hätten.
Indes quälte die Ungeduld König Eisessig. Er befahl, der
Professor müsse Essigsäure noch einmal untersuchen und
verfügte, dass man sie ins Verlies bringe.
Die Königstochter schien dem Professor seit der ersten
Untersuchung merkwürdig verändert. Sie benahm sich
zurückhaltender, fast schüchtern. Da war nicht mehr diese
Flüchtigkeit, der stechende Reiz, jene abstoßende Schärfe.
Während der Professor an seiner Wahrnehmungsfähigkeit zu
zweifeln begann, die, wie er nun annahm, durch die
Einzelhaft geschädigt worden war, fing Essigsäure zu
frösteln an.

Bald waren ihre nackten Schultern und ihr Dekolleté von
glitzerndem Rauhreif überzogen. Die blakende Tranlampe
des Wachmannes ließ ihren rötlichen Schein als zuckende
Zungen über Essigsäures Haut lecken.
Essigsäure erstarrte, als der Professor sie berührte. Davon
erschreckt, kam der Professor zur Besinnung, nun war er
wieder Wissenschaftler.
Er vermutete, Essigsäures sonderbare Verwandlung stünde
im Zusammenhang mit der kühlen Luft im Verlies und
beschloss, ihren Zustand für einen Versuch zu nutzen.

Er ließ dem König die Bitte vortragen, man möge Ätznatron
zu Essigsäure ins Verlies führen. Der König gab die
Erlaubnis dazu und erfüllte außerdem des Professors
Wunsch, die Gefängniszelle durch einen Vorhang abteilen
zu lassen. Hinter dem Vorhang verborgen, vor dem
Essigsäure sich noch immer nicht aus der hemmenden
Erstarrung gelöst hatte, beobachtete der Professor, wie sich
Ätznatron durch die Zellentür quetschte.
Ätznatron äugte argwöhnisch herum und bemerkte
Essigsäure. Beim Anblick ihrer glitzernden Haut flammten
seine Augen auf; so hatte er sie noch nie gesehen. Er konnte

sie nicht mehr aus den Augen lassen. Und dann wuchs
wieder jene Kraft in ihm. Doch diesmal überfiel sie ihn
nicht, wie damals, als er sich nicht mehr hatte zügeln
können. Dieses Mal schlich sie in ihn hinein, strömte durch
die Adern und brannte in sein Herz. Ätznatrons Herz
galoppierte. Ein Wirbel pochender Schläge hallte von den
Wänden. Unsicher näherte er sich Essigsäure und
strauchelte; ein Schüttelfrost hatte ihn befallen.
Etwas später zeigte er sich davon erholt, denn hinter dem
Vorhang hervor spähend, gewahrte der Professor erfreut,
dass Ätznatron zur Vereinigung mit Essigsäure bereit war.
Essigsäure jedoch war zu keiner Regung fähig. Kurzum, der
Professor hatte gesehen, was er zu sehen erhofft hatte.
Nun glaubte er die Bedingung zu kennen, unter der eine
Schwängerung Essigsäures gelingen könnte. Die Kerkerzelle
indes schien ihm ungeeignet. Nach seinen neuesten
Erkenntnissen müsste dafür ein Raum exakt temperiert
werden. Dies teilte er König Eisessig im zweiten
Untersuchungsbericht mit. Weiter schrieb er, man könne
sich einen Zeitverzug in Anbetracht derzeitiger
Mannhaftigkeit Ätznatrons nicht leisten. Hier schrieb der
Professor freilich nur die halbe Wahrheit, denn nun dachte
er auch wieder an den schmelzenden Goldklumpen, wie man
verstehen wird.
Die vielversprechende Kunde stimmte König Eisessig
versöhnlich. Er erklärte sich bereit, dem Professor alles nur
Erdenkliche zur Verfügung zu stellen.

Seit altersher befand sich im Besitz der Königsfamilie ein
Gewölbe, wo die Skala des Nordländers Celsius das ganze
Jahr über eine gleichbleibende Temperatur von sechzehn
Grad anzeigte. Dort, in den dunklen Gängen, reihten sich
alte Eichenfässer, befüllt mit samtigem Rotwein, der zu
erlesenen Tropfen heranreifte.

Das Gewölbe dünkte den König ideal für die Schwängerung seiner Tochter; der Professor stimmte zu. Die Beiden heckten miteinander aus, Essigsäure und Ätznatron zu einer gemeinsamen Besichtigung des Weinkellers einzuladen, um sie an die thermischen Verhältnisse zu gewöhnen.

Zu gegebener Zeit zöge man sich dann diskret zurück, um, wie der Professor sich ausdrückte, dem Paar Gelegenheit zum Liebesakt zu geben.
Gleich zu Beginn der Besichtigung stellte der Professor mit einem heimlichen Seitenblick auf Ätznatron fest, dass dieser keine Gewöhnungszeit nötig hatte. Und Essigsäure? Sie taute allmählich aus der Erstarrung auf. Über die feuchten Lippen hatte sich inzwischen eine Kette aus glänzenden Schweißperlen gelegt. Schwer hing von den Gewölben der Duft, den ihre Poren ausdünsteten. Bei jeder Bewegung verschoben sich die Wülste unter ihrer Haut, wie die schlingernden Formen einer Frau im seidenen Nachthemd. Der schmelzende Rauhreif füllte ihren Nabel mit schimmerndem Perlmutt.
Sie war die Sünde.
Ätznatron bekämpfte verzweifelt die peinliche Dauererektion, indem er die Augen schloss. Es war zwecklos. Da legte er sich bäuchlings auf den kühlen Kellerboden. Endlich gab der Professor das Zeichen, sich zurückzuziehen.

Am nächsten Morgen, alles hatte sich erwartungsvoll vor der Kellertür versammelt, trat Ätznatron ins Freie. Was heißt er trat? Er stolzierte erhobenen Hauptes mit dem Blick dessen, der glaubt, alles erlebt zu haben. Um die Mundwinkel spielte das triumphierende Lächeln des erfolgreichen Eroberers. Unter seiner Achsel hatte sich Essigsäure an ihn geschmiegt, beide Arme um die schwabbelnden Hüften geschlungen, die Hände verschränkt. Sie sah verschämt zu Boden. Ihre

schweißnasse Haut glänzte im frühen Licht. Sie wirkte
erschöpft, aber zufrieden.

Es gab keinen Zweifel.
Zunächst ging eine Raunen durch die Menge, dann brach
Jubel aus. Ehe er sich versah, wurde der Professor auf
Schultern gehoben, von Hoch- und Bravorufen begleitet,
durch ein Spalier Begeisterter zum Schloss getragen.

Beim Bankett würdigte König Eisessig in einer feierlichen
Ansprache die Leistung des Professors und ernannte ihn
zum Ehrenbürger.
Der Professor dankte für die Ehre, welche ihm zuteil
geworden und erläuterte dem versammelten Hofstaat seine
Entdeckung: Es sei die Vereinigung von Säuren mit Laugen
unter besonderen, stabilen thermischen Verhältnissen.

Damit ist die Geschichte nicht zu Ende, sie geht weiter,
denn Essigsäure wurde schwanger. Das steht aber auf einem
anderen Blatt, wo auch nachgelesen werden kann, ob König
Eisessigs Plan aufging.
Für den Professor endete die Geschichte fast wie im
Märchen. Er erhielt den größten Goldklumpen der Welt zur
Belohnung.
In seiner Heimat angekommen, wurde er für den Titel
„Professor der schönen Erlebnisse" vorgeschlagen. Er
verzichtete jedoch unter dem Druck der internationalen
Presse.

Gerhard Pahl

Bangkok

Bangkok im Januar. Mörderisch feucht, heiß und
beklemmend. Das Durchatmen fällt Marie schwer. Sie steht
inmitten einer Gruppe Europäer und blickt staunend und
bewundernd die bogenförmigen Eingänge zum Königspalast
an.

Sirikit und Bhumipol, wie fremd und doch vertraut sind
diese Namen. Unzählige Male hat sie diese heute bei der
Führung schon gehört. Hier im Königspalast werden sie
jedoch übertönt von den überwältigenden Eindrücken der
thailändischen Architektur.

Marmorgestalten, Tier- und Menschenköpfe in wildem
Durcheinander. Runde und spitz zulaufende Dächer und
überall gegenwärtig die unzähligen Götterstatuen.

Für sie viel zu viele Eindrücke. Die Hitze und
Luftfeuchtigkeit erschöpft. Am Rande der Palastmauer
entdeckt sie eine kleine, unscheinbare Tempelanlage. Sie
sehnt sich nach Kühle und Ruhe.

Das schwere, mit fremdartigen Fabelwesen versehene Tor
schlägt schwer und dumpf zu. Sie ist allein. Der Duft von
Lotosblüten liegt in der Luft. Dämmerlicht herrscht hier.
Eine Wohltat nach der gleißenden Helligkeit und Hitze.
Inmitten des Raumes Kerzen aller Größen, alle weiß, sanftes
Licht verströmend. Dahinter eine Buddhafigur in Gold.
Unter schweren Lidern gütige Augen, ein nicht zu
beschreibendes Lächeln.

Marie setzt sich zu Füßen der Statue und fühlt wie alle
Spannung, aller Druck von ihr abfällt. Hinter ihr ein
Rascheln von schwerem Stoff. Ein Mönch im gelben
Gewand tritt aus einer Mauernische auf sie zu, hebt die

Hände gefaltet zur Stirn und grüßt schweigend und
ehrerbietig. Er greift hinter sich und legt eine kleine
Götterfigur in ihre Arme, die sich ihm willig öffnen.

Was geschieht mit ihr? Marie versteht es nicht. Sie lässt es
geschehen, als wäre es ihr Schicksal, das sich hier erfüllt. Die
kleine Statue lächelt sie an. Marie erkennt staunend die
Gesichtszüge, es sind ihre eigenen.

Edith Lückert

Der graue Dolch

Sie ging durch die sich schon bunt färbende Kastanienallee.
Regen fiel auf die Blätter und perlte glänzend auf den Asfalt.
Wie ein gotisches Fenster dachte sie, als ihr Blick die
schützenden, starken Äste über ihr streifte.

Marie war auf dem Weg zum Trödelmarkt.
Diese Art Märkte zogen sie seit Jahren magisch an. Nicht
erklärbar war für sie jedesmal dieses seltsame Gefühl einer
Erwartung.

Sie ging von Stand zu Stand. Suchend, aber nicht wissend
wonach.

Der Regen war stärker geworden. Sie stellte sich unter eine
aufgespannte Plane und betrachtete die darunter ausgelegten
Gegenstände. Alter Schmuck, ein marodes Fischernetz,
darunter etwas Graues aus Metall. Sie hob das Netz hoch
und erstarrte. Da lag ein schmaler, von der Patina der
Vergangenheit überzogener grauer Dolch. Er strahlte Macht
und Gewalt aus. Marie empfand die Kälte bis tief in ihr
Innerstes.
Die Aura des Bösen.

Die Beklemmung wurde unerträglich, ihr Atem stockte. Ein
Mann sprach sie an: „Kann ich Ihnen helfen? Geht es Ihnen
nicht gut?" Er berührte Ihre Schulter. Die Spannung ließ
etwas nach.

Marie erstand den Dolch ohne zu feilschen. Sie steckte ihn
ein und ging wie im Traum durch die Kastanienallee zurück
zur Stadt.

Es zog Marie zu der kleinen gotischen Kapelle am Ufer des
Flusses. Sie trat ein. Kerzen flackerten und warfen unruhige

Schatten an die Wände. Dort vor dem alten Fürstengrab, die Inschrift war verwittert, längst nicht mehr lesbar, kniete sie nieder und legte den Dolch wie unter Zwang auf den steinernen Sarkophag.

Das Grauen löste sich von ihr wie ein Alptraum. Mit einem Male spürte sie es. Der Kreis hatte sich geschlossen. Der graue Dolch war zu seinem Herrn zurückgekehrt. Alles war wieder gut.

Edith Lückert

Leben

Um der Einsamkeit zu entkommen, die jedes Leben in ihm
zu ersticken drohte, beschloss er, sich zu verdoppeln. Mit
dem Gefährten an seiner Seite, der sich aus ihm heraus
entwickelte, würde alles vorüber sein, sich vielleicht ab und
an noch einmal in erleichterten Seufzern äußern, mehr und
mehr aus seiner Erinnerung schwinden. Schon lag der Arm
des anderen auf seiner Schulter in freundschaftlicher Geste,
er spürte vertraute Wärme, nichts Fremdes, Ungewohntes.
Als er ihn betrachtete, sah, dass er vollendet war, war ihm als
blickte er in einen Spiegel, glich der andere ihm doch aufs
Haar.

Sie lächelten sich an, nickten in stummem Einverständnis,
wussten, als wäre nie ein anderes Wissen in ihnen gewesen.

Das soeben Geschehene begann noch einmal, Gliedmaßen
entstanden, Körperteile die wieder zu einem Ganzen
werdend einen dritten entstehen ließen, der das Aussehen
des zweiten und ersten hatte.

Sie waren Brüder aus einem, aus dessen Einsamkeit und dem
verzweifelten Wunsch zu leben geboren.

Heide Berger

Liebe Mutter,

no Tabacs, no Parmacia, siesta für drogas, tabacos.
Dafür einer, der Flötentöne beibringt, Puppen tanzen lässt.

Er selbst, gut behütet, unabhängig.
Dem ersten Blick preisgegeben bestimmt Bewegung er,
Fäden hängen an ihm.

Wer schaut dahinter, sieht gefesselten Blicks seine
Abhängigkeit?

Er schenkt Leben, wünscht alles Gute an Tagen der Geburt,
seine Kinder leben durch ihn.

Die Nächte des Todes, wenn Fäden sich entwirren,
Bewegung erstarrt, er befreit von allem an dem er hing, der
Markt sich öffnet,
dann liebe Tochter?

Heide Berger

erotisch – lüstern- orgiastisch

Sarah die Sirene

Die Chronik erzählt interessierten Urlaubsgästen darüber,
wie die früheren Bewohner des eigenständigen, südlichen
Dorfes, genannt Sauhausen, die Bekanntschaft eines
schlanken, weiblichen Wesens machten, das seinerzeit in der
Gegend noch unbekannt war.

Die Rede ist von Sarah, die sich eines verglimmenden
Herbsttages zu den Teilnehmern der Sauhausener
Abendschule gesellt hatte. Schon nach kurzer
Unterrichtsdauer war es ihr möglich geworden, Aufsehen zu
erregen. Erstmals als sie an der Reihe war und nochmals,
jedoch ganz besonders, durch die unbegreifliche Erklärung,
sie, Sarah, sei eine Sirene. Die Verwunderung schlug kurz
danach, gelinde gesagt, in Befremden um, weil Sarah ihre
brennende Neugier stillen wollte. Sie war nämlich, wie sich
gleich herausstellte, neugierig darauf zu erfahren, ob die
Kunst der Lehrerin ihren gehobenen Ansprüchen genügen
würde. Eigens deswegen hatte sie jene aufgefordert, zu
bekennen, was sie sei.
Bisher hatte es Neulingen genügt, wenn überhaupt, nach den
Namen zu fragen, falls die aufgestellten Schilder umgefallen
oder unleserlich beschriftet waren, auf derart überhebliche
Töne hingegen waren die Sauhausener nicht gefasst.
Es verwundert daher kaum, dass einige Teilnehmer peinlich
berührt den Blick senkten, während andere damit anfingen
hinter vorgehaltener Hand zu tuscheln. Sarah schien die
wachsende Unruhe erwartet zu haben, zumindest war sie
nicht sonderlich beeindruckt.
Sämtliche Geräusche, sogar das Nagen der Holzböcke im
Dachgebälk, verstummten schlagartig bei der
selbstbewussten Ankündigung, sie werde sich den
Einwohnern Sauhausens in vierzehn Tagen, mittags, auf der
Hauptstraße zur Schau stellen.

Natürlich hätte man es an fünf Fingern abzählen können,
dass eine solch aufreizende Ankündigung kaum nach
Beendigung des Unterrichts wie ein Lauffeuer durchs ganze
Dorf ging, und natürlich war nun ganz Sauhausen gespannt
darauf, was diese Sirene zu bieten hätte. Vor allem jene, die
Sarah noch nicht kannten, fieberten dem Tag der Sensation
entgegen. Um die quälende Wartezeit zu verkürzen, ging
jeder den eigenen Geschäften nach.
Gemäß der Jahreszeit wurden im benachbarten Wäldchen
verstreute Eicheln oder Bucheckern gesucht, das jüngst
gefallene Laub wurde aufgewühlt und zusammengescharrt,
um es gegen den vermutlich strengen Frost des nahen
Winters unter die hölzernen Stallböden zu stopfen. Die Zeit,
so schien es, verging aber viel langsamer als sonst, was die
Gerüchte um Sarah zur Entstehung, hauptsächlich jedoch
zur Verbreitung nutzten. Von allen Gerüchten verbreitete
sich eines außergewöhnlich stürmisch, weshalb es auch den
Weg ins Bräuhaus fand, wo es am Stammtisch hängen blieb,
nämlich dieses, Sarah werde entblößt auftreten.
Selbstverständlich war am erwarteten Tage alles was Beine
hatte auf der Hauptstraße versammelt. Man grüßte einander
wie gewohnt, stellte übereinstimmend fest, das Wetter sei
mies - es tröpfelte - und machte es sich bequem an den
Gehsteigen diesseits und jenseits der Hauptstraße.
Für die Eber und Alteber standen grob gezimmerte Bänke
bereit, die Mutterschweine nahmen Platz in gepolsterten
Lehnstühlen dahinter, gleichfalls, wie es damals Sitte war, die
Großmutterschweine. Die Ferkel hüpften oder liefen jeweils
auf den Zuruf ihrer Eltern herbei, um für eine Weile artig an
der Bordsteinkante hocken zu bleiben. Die Jungeber trafen
am Dorfeingang zusammen, wo wegen der erhofften
Augenweide auch eine Rotte lüsterner Jungeber aus dem
Nachbardorf eintrudelte. Im Zusammentreffen der
rivalisierenden Eberrotten verbarg sich Streit so
unweigerlich, wie der Blitz im Aufprall einer kalten Wolke
mit einer warmen. Demgemäß donnerten der verhassten

Konkurrenz aus dem Nachbardorf wenig schmeichelhafte
Begrüßungsworte in den Schlappohren, folglich wurden die
Sauhausener Lauscher beleidigt, der Streit brach aus.
Gottlob entlud er sich, trotz eines hitzigen Wortgefechts um
das Recht oder Unrecht der Anwesenheit von Fremden,
schließlich in ungefährliche Sticheleien mit gegenseitiger
Verniedlichung der Geschlechtsteile.

Höchste Zeit für die Großmutterschweine ihre Enkelinnen
herbeizurufen, freilich zu spät, da diese dem Beginn der
Sticheleien schon wissbegierig lauschten, woraufhin sie eine
Sammlung stilvoller Redensarten erlangen konnten. Solcher
Redensarten, die gebraucht würden, wenn beispielsweise
buhlerische Jungeber zu vergraulen wären, indem man jene
darauf hinwiese, mit Murmeln würde im Kindergarten
gespielt.
Um die Ferkel weiterhin bei Laune zu halten, fütterten die
Mutterschweine sie mit gedämpften Kartoffeln. Die Alteber
stopften einstweilen ein Pfeifchen, die Großmutterschweine
lehnten sich grunzend zurück und verschränkten die
Vorderhaxen.

Die Sticheleien der rivalisierenden Jungeber hatten
inzwischen das letzte Stadium erreicht, wo Worte allein
keine Steigerung mehr brachten, sondern nur noch
eindeutige Gebärden weiterhelfen konnten. Deswegen
hoben die Sauhausener Jungeber demonstrativ ihre Hoden
hoch, ließen sich, die rechte Bordsteinkante entlang,
nebeneinander auf die Hinterbacken plumpsen und kreuzten
die Haxen zum Schneidersitz.
Kaum eingenommen, war die wirkungsvolle Pose auch
schon von den Nachbardörflern längs der linken
Bordsteinkante nachgeahmt. Allerdings in abgewandelter
Formation, nämlich so, dass jeder mit Blickrichtung zum
Dorfeingang saß, den Rücken jeweils gegen die gebeugten
Knie des Hinterebers gelehnt.

Die Sauhausener Jungeber reagierten prompt auf die
offensichtliche Provokation, sie begannen zu schunkeln.
Damit gelang es, die Rivalen zu verblüffen, vor allem
deswegen, weil plötzlich ganz Sauhausen lebhaften Anteil am
Treiben seiner Jungeber nahm, was durch lauthalses
Anfeuern bekundet wurde.
Doch die Rivalen erholten sich so rasch von der
Verblüffung, dass es ihnen bereits beim ersten Versuch
glückte, die Wirkung der Schunkelei durch rhythmisches
Vor- und Zurückwiegen zu entkräften. Der Wettstreit wäre
sicherlich noch durch weitere schöpferische Einfälle
fortgeführt worden, hätte die Kirchturmuhr nicht zwölf
geschlagen. Wie auf Kommando blickten alle zur
Kirchturmuhr - es war zweifellos Mittag - dann zum nahen
Hügel vor dem Dorfeingang, über dessen Kuppe Sarah
kommen müsste.

Und sie kam. Das Gras des Hügels flimmerte, es schien den
Hang herunter zu wellen. Oben auf der Kuppe wuchs Sarah
aus dem Geringel von Aalen, Neunaugen, Blindschleichen
und Nattern, die ineinander gewunden als glitschiger
Teppich talwärts glitten. Mäuse, Hamster ferner Wiesel
flüchteten huschend davor in die umliegenden Wiesen, wo
Grasfrösche vereint mit Grillen aufgeschreckt davon
hüpften, Eidechsen nebst Kröten angstvoll in verlassene
Mauslöcher krochen.
Wartend sah Sarah sowohl die zappelnden Käfer samt
Spinnen, als auch das Ameisengewimmel in der Schleimspur
des sich nun zu einzelnen Schlangen auflösenden Teppichs.
Als die Spur frei war, stieß Sarah sich ab.
Auf rückwärts geknickter Schwanzflosse, in den Händen die
zitternden Brüste, schlitterte sie im Delfinstil herab,
erreichte, den schlüpfrigen Straßenschlick pflügend, das
Spalier der stierenden Jungeber und sauste vorbei.
Verdutzt sahen die Jungeber ihr nach, suchten auf der
glitzernden Schuppenhaut, die Sarahs Beine offenbar zu

einem Fischschwanz umspannt hatte, gierig nach der Stelle, wo gewöhnliche Säue die Scham haben. Vergeblich! Die Schuppenhaut war dicht verschlossen, Sarah schien keine Scham zu haben.
Verwirrt glotzten die Jungeber einander an, zuckten die Schultern und schüttelten dann verständnislos den Kopf. Einige zupften verlegen an ihren Penissen herum, die vorwitzig herausgespitzt waren.
Der Straßenschlick floss zurück und füllte die Furche hinter Sarah, die Perlen herauf würgte, um sie wie Kirschkerne vor die gaffenden Säue zu speien. Am Dorfende angelangt, schaute Sarah zurück und lachte zweimal glockenhell.
„Na, ja", reimten die Ferkel darauf, dann rannten sie den Alten hinterher, die bereits zum Bräuhaus zockelten, wo die Jungeber gerade das zweite Maß Bier bestellten.

Um Sauhausen herum wurde danach noch eine Weile über Sarah geredet. Die Ferkel erklärten den Ferkeln des Nachbardorfes wie eine Sirene aussieht. Nachdem es alle wussten, sprach niemand mehr davon.
Zur Abendschule kam Sarah weiterhin, als ob nichts geschehen wäre. Die Mitschüler taten so, als wüssten sie von nichts. Allmählich geriet die Episode in Vergessenheit. Einzig ein Dorfschreiber hat sie aufgeschrieben, gegen das Vergessen.

Gerhard Pahl

Das erste Mal

Er konnte sich kaum noch an die Zeit davor erinnern. An die Zeit vor diesem Zimmer, an den Regen oder den Wind, an Kälte, an Wärme, an den Geruch des Frühlings. Der Winter war endlich zu Ende und die Tage schon spürbar länger geworden und er schöpfte wieder etwas wie Hoffnung. Für ihn zählte jede Minute Tageslicht. Er hasste die langen Winter und er hasste es, dass sie das Licht jeden Tag eine Stunde nach Einbruch der Dunkelheit ausknipste. Er seufzte, das spärliche Licht, das durch das kleine vergitterte Fenster fiel, ließ die Nacht schon ahnen. Alles hätte er gegeben für einen einzigen Blick nach draußen. Aber er hatte nichts mehr zu geben.

Plötzlich füllte laute Musik den Raum. Müde schlurfte er zu der Ecke in der seine Hanteln lagen und begann mit den Übungen. Der Wunsch bei Musik zu trainieren war der einzige, den sie ihm je erfüllt hatte. Sie bestand auf die täglichen Leibesübungen und so trainierte er hart, denn während des Trainings konnte er vergessen. Die Musik verstummte, doch er rackerte sich weiter ab, berauschte sich an seinem eigenen lauten Atem, genoss den Schweiß, der an ihm herab lief. Sein Körper war makellos. Er war muskulös, wog nicht zu viel und nicht zu wenig. Jede Frau wäre in seiner Gegenwart schwach geworden. Fast jede. Aber sie konnte er nicht bezaubern. Das Licht ging aus. Er fluchte leise vor sich hin, tastete sich zu seinem Bett. Dann würde er eben morgen früh duschen.

Die Zeit in der er gedroht, getobt und geschrien hatte, war vorbei, genau wie die Zeit in der er geflucht, geweint und gefleht hatte. Die ersten Monate war sie nur dort oben an der Brüstung gestanden, hatte hinab in das Zimmer gesehen und gewartet. Während dieser Zeit hatte sie die Holztreppe kein einziges Mal herunter gelassen. Auf seine immer wieder gestellten Fragen gab sie keine Antwort. „Du wirst dich an dein neues Zuhause gewöhnen", war das Einzige was sie ihm sagte. Und er hatte sich an alles gewöhnt, hatte schmerzhaft gelernt ihren Anweisungen zu folgen. Nie drohte sie ihm, noch bat sie ihn, aber wenn er sich weigerte ihren Wünschen nach zu kommen sperrte sie das Licht aus. Als er erwachte stand das Frühstück schon auf dem Boden. Sein Magen knurrte, doch er ging zuerst unter die Dusche. Dann holte er sich das Tablett. Es gab frische Brötchen, Erdbeermarmelade und Obst. Er wusste, dass sie heute zu ihm kommen würde. Warum auch sonst sollte sie ihn so verwöhnen und so legte er sich nach dem Essen aufs Bett und wartet darauf, dass die Drogen wirkten und die Welt wie Watte würde. Er verabscheute diese Stunden und er liebte sie. Als sie zu ihm kam wie so oft in den letzten Jahren ließ er wie immer wehrlos alles mit sich geschehen. Sie zog ihn aus, streichelte sanft seinen Körper, küsste ihn wild und leidenschaftlich und er vergaß wer sie war und er vergaß wo er war. Alles löste sich auf. Er war ausgehungert nach Zärtlichkeiten und sie war schön und er begehrte sie. Voller Glück drang er in sie ein, ergab sich ganz ihrem Duft, flüsterte zärtliche Worte und schlief befriedigt ein. Als er wieder zu sich kam war sie fort, furchtbare Kopfschmerzen quälten ihn, das Licht tat seinen Augen weh und er schämte sich wie so oft für die Lust, die er empfunden hatte, für seine Hilflosigkeit. Doch er konnte nichts dagegen tun. Am Anfang hatte er versucht, ihr von seinen Schamgefühlen und Depressionen zu erzählen, aber sie hatte ihn nur höhnisch ausgelacht. „Was glaubst du für was du da bist?" Und so war er ein ausgesprochen guter und zärtlicher Liebhaber geworden.

Als die Kopfschmerzen nachließen ging er nochmals unter die Dusche. Irgend etwas hatte sie ihm während ihre Finger wissend seine Lenden liebkosten erzählt, doch es fiel ihm schwer sich daran zu erinnern. Er hörte wie die Tür geöffnet wurde und griff hastig nach dem Handtuch. Sie trug ein durchsichtiges langes Kleid und lachte ihn vergnügt an. Ein Korb schwebte zu Boden. Hastig knotete er die Schnur los

und sie zog sie nach oben. Das Seil war zu dünn sein
Gewicht zu tragen und der Wunsch, sie in die Tiefe zu
ziehen, war ein Wunsch geblieben. Alle Schnüre waren mit
dem Geländer verbunden. Sie war nie auch nur ein geringes
Risiko eingegangen.
Verblüfft leert er den Korb und sah sie fragend an. „Dies ist
die Überraschung, die ich dir versprochen habe. Wenn du
schön brav bist und deine Sache gut machst, dann bist du
danach frei."
„Du meinst ich kann dann gehen wohin ich will?", ungläubig
starrte er sie an. „Natürlich! Mach dich hübsch und tu was
ich von dir erwarte. Du hast nur diese eine Chance." Die
Tür fiel ins Schloss und er war wieder allein. Sorgfältig
hängte er die Sachen in den Schrank, eine leichte
Baumwollhose, ein passendes Hemd, Socken, Krawatte,
Jackett. Alles was man für einen vornehmen Abend
benötigte. In einer separaten Schachtel fand er erotische
Unterwäsche. Als er sie auseinander faltete flog ein weißer
Zettel zu Boden. Er roch nach ihrem Parfüm.

*‚Heute keine Drogen. Mach deine Sache gut heute Abend. Ich habe
dich alles gelehrt was du wissen musst. Sieh es als Abschlussprüfung.‘*

Zitternd zerknüllte er den Brief. Er hatte Angst und doch
machte er sich Hoffnung, verspürte eine Sehnsucht nach
Freiheit so heftig, dass es schmerzte. Tränen liefen über sein
Gesicht. Wütend wischte er sie beiseite. Lange hatte er
schon nicht mehr geweint. Unruhig lief er von Wand zu
Wand. Einen ganzen Tag musste er noch warten, hatte er
Zeit zum Nachdenken. Als es langsam dunkel wurde, zog er
sich um und schwor sich, seine Sache gut zu machen.

Das Licht in seinem Zimmer ging an wie jeden Abend, doch
die Tür zu seinem Gefängnis öffnete sich nicht. Wütend
darüber wieder auf einen ihrer üblen Scherze herein gefallen
zu sein zog er sich die Jacke aus und warf sie zu Boden.

„Nicht doch", spottete sie. Geräuschlos war sie an die
Brüstung getreten, ließ die Treppe hinab und forderte ihn
auf, hinauf zu kommen. Für einen Moment zögerte er. Wie
oft hatte er sich in seinen Träumen ausgemalt, wie es sein
würde, diese Treppe zu betreten, die für ihn so unerreichbar
war. Und nun fühlte er nichts, nichts Erhabenes und
Großartiges, kein Freudentaumel, nur ein leichtes Zittern in
den Knien. Er hob die Jacke auf und stieg nach oben, trat
durch die Tür in einen Gang. Am anderen Ende war eine
Tür nur angelehnt, dort stand sie und wartete. Als er näher
kam, öffnete sie die Tür und verschwand im Zimmer. Er
lächelte. Gleich würde sie sich in seiner Gewalt befinden.
Doch als er durch die Tür trat, blieb er überrascht stehen.
Das Zimmer war geschmackvoll in hellen Farben
eingerichtet. In der Mitte stand ein festlich gedeckter Tisch
und durch eine offene Balkontür konnte er die Sterne am
Himmel sehen. Das einzige Licht im ganzen Raum kam von
den Kerzen, die überall herum standen. Er war überwältigt,
hatte er doch in den letzten Jahren nur die kahlen Wände
seines Gefängnisses gesehen. Sie stand hinter einem Gitter
und lächelte ihn an.
„So weit so gut", riss ihn ihre Stimme aus der Versunken-
heit. „Wenn du deine Sache nicht gut machst und ihr irgend
etwas tust, dann wirst du diesen Raum nie mehr verlassen
und mich auch nicht mehr wieder sehen. Mach dir keine
Hoffnungen. Aus dem Garten, den du siehst, gibt es kein
Entkommen." Sie sah ihn prüfend an. „Die Entscheidung
liegt also ganz allein bei dir."
Er schwieg. Sein Instinkt riet ihm, vorsichtig zu sein. Sie
verließ das Zimmer und führte kurze Zeit später ein
Mädchen herein. Das Mädchen sah ihn schüchtern an und
blieb zögernd am Gitter stehen. Für ihn war sie Atem
beraubend schön. Er wusste nicht, was er tun sollte.
Minuten lang stierte er sie an und sie sah ihn an, ängstlich,
abwartend. Erst als ein Servierwagen herein geschoben
wurde ging er auf sie zu. Das Essen duftete herrlich. Er

nahm vorsichtig ihre Hand. Die Haut fühlte sich an wie
Seide. Sanft fuhr er an ihren feingliedrigen Fingern entlang,
führte sie zum Tisch. Er rückte den Stuhl beiseite und sie
setzte sich. Zögernd legte er das Essen auf. Über die Kerzen
hinweg musterte er ihr Gesicht. Sie war so jung, vielleicht
siebzehn Jahre alt. Er musste träumen. Doch er hörte sich
mit ihr plaudern, hörte ihr glucksendes Lachen, sah ihre
feuchten, roten Lippen, spürte seine Erregung und ihre
Angst. Nur sehr vorsichtig nippte er an dem Wein. Über den
Tisch hinweg suchten seine Finger die ihren und sie ließ es
geschehen. Und dann stand sie auf und er stand auf und
nahm sie in seine Arme und küsste sie lange und
leidenschaftlich. Zuerst ließ sie es einfach geschehen, dann
bewegte sich ihre Zunge unruhig in seinem Mund. Er
kostete die Spitze, die nach Zimt schmeckte wie der
Nachtisch. Er ließ sie los, begann ihren Körper zu streicheln,
zu liebkosen.
„Warum?“
„Warum was?“
Er zuckte mit den Schultern. Er war gleichgültig geworden.
Er legte sie aufs Bett. Das Mädchen duftete herrlich nach
Blumen und Jugend. Ihre Unerfahrenheit rührte ihn, ihr
erwachendes Verlangen spornte ihn an. Und alles was er
gelernt hatte, ließ er sie wissen und als sie später aneinander
geschmiegt da lagen und den Atem des anderen atmeten, da
wusste er, dass er nie mehr eine Nacht wie diese erleben
würde.
Er erwachte als die Sonne ihn blendete. Sie stand an der Tür
und sah hinaus in den Garten. Sie war nackt, ihr
schulterlanges Haar nass. Sie drehte sich zu ihm um. Sein
Herz begann wie wild zu klopfen. Er liebte sie.
„Komm, gehen wir schwimmen“, forderte sie ihn auf. Er
schlüpfte aus dem Bett, küsste sie zur Begrüßung und sie
gingen in den Garten, der von einer hohen Mauer umgeben
war. Im Pool spielten sie miteinander, neckten sich, liebten
sich. Sie kletterte zuerst hinaus.

„Ich muss gehen, meine Mutter erwartet mich."
Traurig kniete sie sich an den Rand des Pools und sie
küssten sich. Als sie sich von ihm losmachte, suchten seine
Augen die ihren und baten um eine Antwort. Hastig stand
sie auf und verschwand.
Gedankenverloren ging er zurück ins Zimmer. Gleich würde
er frei sein. Doch zuerst würde er frühstücken und dann....?
Ihm schwirrte der Kopf vor lauter Fragen. Er genoss das
Essen und wunderte sich nicht über den Geschmack des
Orangensaftes. Erst als sie das Zimmer betrat überfiel ihn
panische Angst.
„Du hast deine Sache wirklich sehr gut gemacht. Ich wollte,
dass die erste Nacht meiner Tochter ihre schönste wird und
das war sie."
Sein Bewusstsein begann sich zu trüben. Ihre Stimme war
ganz weit weg. Hasserfüllt sah sie ihn an, doch er nahm es
kaum noch wahr.
„Niemals sollte sie etwas so Furchtbares erleben wie ich."
Ihre Stimme war nun ganz schrill geworden.
„Aber warum gerade ich?" hilflos hatte er sich auf den
Boden gesetzt.
„Weil du der Sohn von Bernd bist."
Er sah sie nochmals an und in seinem Gehirn regte sich ein
letzter Funken von Verstand. Sein Mund wollte noch ein
paar Worte formen doch er schaffte es nicht mehr und so
starb er mit den Gedanken an diese einzige wunderbare
Nacht und dem Namen seines Vaters auf den Lippen, der
auf gar keinen Fall mit Vornamen Bernd hieß.

Monika Krüger

Samstagabend

Es war wieder einmal einer dieser öden Samstagabende an denen überhaupt nichts geschah. Bernd saß auf dem Sofa und lauschte ergriffen und gleichzeitig verbissen der Musik, die aus seinen neuen selbst gebauten Lautsprecherboxen drang. Wenn sie es ganz genau nahm, so waren die Boxen schon ein paar Wochen alt aber die Kabel, die vom Verstärker zu den zwei Kisten führten – wie sie diese Teile insgeheim nannte – waren neu. Bernd hatte sie von einem Freund zum Testen ausgeliehen und sofort nachdem er sie angeschlossen hatte, war er in ein Aah und Ooh ausgebrochen, so begeistert war er von dem neuen musikalischen Eindruck. Sie war ein Weilchen neben ihm auf dem Sofa gesessen und hatte ebenfalls versucht etwas zu hören aber es war ihr nicht gelungen. Ich habe einfach nicht genügend Einbildungskraft, dachte Margret resigniert. Sie war sich nicht sicher ob es wirklich nichts zu hören gab oder ob sie um soviel schlechtere Ohren hatte wie ihr Mann. In ihrem tiefsten Inneren glaubte sie jedoch, dass ihr Gehirn einfach nicht in der Lage war sich diese gravierenden Unterschiede vorzustellen. Wahrscheinlich waren dazu sowieso nur Männer in der Lage. Hatten nicht alle Männer ein Hobby, das sie bis zur Selbstaufgabe betrieben, irgendetwas das sie vollständig ausfüllte? Margret hatte den Eindruck, dass Männer nicht in der Lage waren etwas unter normalen Verhältnissen zu erledigen. Sie schienen allzu leicht den Blick für die wichtigen Dinge zu verlieren. Und jetzt quälte er sie wieder mit seiner Musik. Margret ärgerte sich darüber maßlos, war wütend über seinen Egoismus. Wenn Bernd etwas wollte, dann musste es der Umgebung genauso wichtig sein wie ihm, wenn nicht, dann legte er die Platte mit der beleidigten Leberwurst auf. So lümmelte sich Margret jetzt gelangweilt auf dem grünen Sessel. Aufrecht auf dem Sofa genau in der Mitte – denn nur dieser Platz garantierte seiner Meinung nach den phänomenalen

Musikgenuss, – saß Bernd und er war nicht bereit ein paar
Zentimeter nach rechts oder links zu rutschen. Margret
überlegte was sie mit diesem verpfuschten Abend noch
anfangen könnte. Wieder einen ganzen Abend diese Qual zu
ertragen, dazu hatte sie wirklich keine Lust, der Kopf tat ihr
schon weh und das Trommelfell schien von dem Krach
gleich platzen zu wollen. Sie zögerte ihre Entscheidung noch
etwas hinaus, denn sie wusste, dass, wenn sie ging, Bernd
ziemlich verärgert sein würde. Aber der Druck in ihrem
Magen war einfach zu groß. Wenn sie nichts tun würde,
dann musste sie den ganzen Frust hinaus schreien. Also
stand sie auf und schlenderte wie zufällig ins Badezimmer.
Dass sie über eine Stunde verschwunden blieb, davon
merkte Bernd nichts. Zufrieden mit sich selbst hatte Margret
sich in Schale geworfen. Ihrem überraschten Mann gab sie
einen Kuss auf die Wange, schnappte sich die Autoschlüssel
und schon war sie weg. Es war so schnell gegangen, dass
Bernd keine Zeit fand zu reagieren. Zuerst war er etwas
irritiert, doch dann widmete er sich wieder selbstvergessen
seinen Studien.

Margret fuhr ziellos durch die Stadt. Jetzt, wo sie unterwegs
war, hatte sie ein mulmiges Gefühl im Bauch. War ihre
Reaktion nicht doch etwas übertrieben? Was würde Bernd
sagen, wenn sie heute Nacht nicht nach Hause käme? Doch
jetzt einfach umzukehren, dazu konnte Margret sich auch
nicht überwinden. Nachdem sie ein paar Runden durch die
Kleinstadt gedreht hatte, entschloss sie sich in die nächst
größere Stadt zu fahren. Was waren schon 40 Minuten,
wenn man noch die ganze Nacht vor sich hatte? Ihre
Stimmung besserte sich etwas. Was wäre, wenn sie wieder
daheim sein würde, darüber konnte sie immer noch morgen
nachdenken. Es war schon Jahre her, dass sie alleine
ausgegangen war. Etwas wie Abenteuerlust ergriff von ihr
Besitz. Das Autoradio auf voller Lautstärke, pfiff sie den Hit
begeistert mit.

Die Disco, die sie früher mit Freunden öfters besucht hatte,
existierte noch. Der Name war ein anderer. Unschlüssig
drückte sie sich vor dem Eingang herum, aber als der
Türsteher ihr freundlich zulächelte, stieg sie die Treppe
hinunter. Überrascht über die laute Musik blieb sie am
Eingang an der Wand stehen. War es hier früher ebenfalls so
laut gewesen? Sie entschied sich für ja und gab ihrem Alter
die Schuld für ihre Empfindlichkeit. Unter all den jungen
Leuten kam sie sich vor wie ihre eigene Großmutter. Allerlei
merkwürdige Gestalten tummelten sich auf der Tanzfläche.
Margret hatte ihre schrillsten Klamotten angezogen aber
gegen diese Tänzer wirkte sie wie ein biederes Mütterchen.
Ein paar Leute blieben neben ihr stehen und grinsten sie
spöttisch an. Margret verstand nicht, was sie sagten, aber sie
wurde rot und wäre am liebsten im Erdboden versunken.
Entmutigt suchte sie die Toilette auf. „Ich will mir einen
tollen Abend machen", sprach sie ihrem Spiegelbild Mut zu.
Entschlossen zupfte und knetete sie ihre brave Frisur
durcheinander, zog ihre Glitzerbluse aus dem Minirock,
verknotete sei unter der Brust, knöpfte oben noch zwei
Knöpfe auf. Drei junge, stark geschminkte Mädchen
musterten sie höhnisch. Eine kräuselte ihre Lippen:
„Ausgang bekommen, Omichen?" Die anderen beiden
wieherten begeistert. Aus dem Spiegel heraus starrte Margret
die jungen Dinger so lange wütend an, bis sie verstummten.
Dann stolzierte sie an ihnen vorbei nach draußen. Die Musik
fuhr ihr in die Beine, in den Magen, in den Kopf. Die Füße
begannen zu wippen und ehe sie auch nur darüber
nachdenken konnte, befand sich ihr Körper auf der
Tanzfläche und ruckte, hüpfte, rüttelte sich im Takt der
eintönigen Musik. Ihre Gedanken waren nur noch Musik
und blitzendes Licht, ihre Beine nur noch dröhnender Bass.
Wie in Trance wurde sie bewegt wie all die anderen auf dem
heißen Tanzboden. Der Schweiß rann ihr über den Körper.
Ein junger Mann fasste sie von hinten an den Hüften,
schmiegte sich an ihren schlanken Körper, wiegte sich mit

ihr. Lachend warf sie den Kopf zurück, legte ihn auf seine
Schulter, grinste ihn auffordernd an. Mit einer geschickten
Bewegung drehte er sie zu sich herum und küsste sie. Ihre
Lippen schmeckten salzig, ihr Parfüm schwer und süß
raubte ihm fast den Atem. Selbstvergessen schloss die
Tänzerin die Augen, schmeckte seine rauchige Zunge, roch
den betörenden Schweiß. Nach Atem ringend ließen sie
voneinander um sich sofort wieder zu finden. Wie zwei
Ertrinkende klammerten sie sich aneinander, verzweifelt und
sehnsuchtsvoll, nur Licht, nur Musik, nur diese beiden
Körper in der brodelnden Menschenmasse. Erst als die
Erschöpfung größer wurde als die Verzückung, blieb
Margret zitternd stehen. Ihr geheimnisvoller Partner
bewahrte sie vor dem Fallen.

„Lass uns was zusammen trinken", schrie er ihr ins Ohr.
Den Arm fest um ihre etwas zu breiten Hüften, wie sie
meinte, dirigierte er sie sanft zur Bar. Ein exotisch grüner
Cocktail, geschmückt mit einer großen, duftenden, weißen
Blume und einem blauen, glänzenden Strohhalm, wurde ihr
in die Hand gedrückt. Strahlend prostete er ihr zu.
Vorsichtig nippte sie an dem Getränk, das erstaunlich gut
schmeckte. Als sie das halbe Glas getrunken hatte, begannen
sich ihre Sinne zu verwirren. Ihr Gegenüber sah wirklich gut
aus. Er hatte einen braungebrannten muskulösen Körper,
das schulterlange, braune Haar zu einem Pferdeschwanz
gebunden. Aber das Auffallendste waren seine
smaragdgrünen Augen, die sie aufmerksam musterten. Sie
kam sich alt und hässlich vor, ahnte nicht, dass sie glühte,
ihre Augen blitzten, die Lippen verführerisch feucht
glänzten. Mit ihren zerzausten Haaren und der weit
aufgeknöpften Bluse wirkte sie verwegen auf ihn. „Lass uns
gehen", er stellte die Gläser auf den Tresen, nahm ihre Hand
und führte sie nach draußen. Die klare Nachtluft machte sie
frösteln. Eng umschlungen schlenderte das Paar zum nahen
Park, setzte sich ans Ufer des Stadtbaches verborgen durch

dicht wachsende Büsche. Die Frau legte sich an seine starken
Schultern und sah hinauf in den Himmel. Der Mond hell,
groß und rund spiegelte sich schimmernd auf dem Wasser.
Fasziniert strich er über ihren geschmeidigen Körper, suchte
nach den passenden Worten und schwieg. Worte würden
den Zauber des Augenblicks zerstören – ob sie das auch
spürte? Sie liebten sich sanft und stürmisch, zärtlich und
leidenschaftlich, verschlingend. Danach schlief sie eng an ihn
gekuschelt ein. Erst als ein leichter, kühler Ostwind über die
beiden hinweg glitt, erwachte Margret. Benommen und
ungläubig sah sie erst ihn an und dann sich. Als er ihr anbot,
sie im eigenen Auto nach Hause zu fahren, nahm sie
dankbar an. Zum Abschied hauchte ihr der Unbekannte
einen Kuss auf die Lippen, dann stieg er aus und ließ sie
allein. Als sie sich noch einmal nach ihm umdrehte war er
verschwunden. In ihrer Wohnung brannte kein Licht.
Margret verspürte nicht die geringste Lust ins Haus zu gehen
und sich nach dieser Nacht neben ihren Ehemann ins Bett
zu legen. Sie lauschte in ihrem Innern nach Gewissensbissen
aber so tief sie auch nachforschte, sie fand nichts. Zu
unwirklich erschien ihr die Nacht. Zufrieden kletterte sie auf
die Rückbank und schlief sofort ein.

Im Morgengrauen, auf dem Weg zum Angeln, wurde sie von
Bernd entdeckt. Verblüfft öffnete er die Autotür und weckte
die Schlafende. Margret reckte sich und sah sich stöhnend
um. Bernd lachte sie vergnügt an: „So grausam war also
meine Musik für dich, dass du dich entschlossen hast im
Auto zu übernachten? Und ich habe gedacht du wolltest
ausgehen."

Bernd half ihr aus dem Wagen und begleitete sie zurück zur
Wohnung. Liebevoll setzte er sie aufs Sofa, legte eine Decke
über sie und küsste sie auf die Nase. „Bis später", Bernd
schnappte sich seine Angelausrüstung und ließ seine Frau
allein. Margret kuschelte sich in die Decke und fühlte sich

ausgeglichen, ruhig und begehrenswert. Sie freute sich auf das gemeinsame Frühstück mit Bernd. Das nächtliche Abenteuer würde sie mit keinem Wort erwähnen, denn sie war sich plötzlich ganz sicher, dass er sie immer noch liebte.

Monika Krüger

Der Blick in den Spiegel

Sie streicht über die schlanken, kräftigen Arme, gleitet mit
ihren Fingern über jeden Zoll seiner warmen, weichen Haut.
Fordernd und zärtlich sind seine Hände auf ihrem Körper.
Gänsehaut macht sich breit, weiche Lippen und nasse Küsse
- überall.
Sie fließt hinein in die Leidenschaft, fühlt sein Herz auf ihrer
Brust. Er bäumt sich auf. Sanftheit und einen Hauch
Aggression spürt sie in seinem Stoß. Ihre Augen sehen all
seine Männlichkeit. Wie er sie, aufgestützt über ihr, mit
schnellem Atem und feuchter Haut vertraut anlächelt. Sie
erschrickt vor der Fremdheit darin.
Aufsaugen und verstehen will sie ihn, sein Geist und seine
Seele sollen ihr gehören. Während sie ihn mit dem Geruch
der verschmolzenen Körpersäfte aufnimmt vibriert ihr
Körper im Augenblick des Höhepunkts.

Er öffnet die Augen und weiß nicht, wie lange er geschlafen
hat, matt und erschlagen, scheint er sich an nichts zu
erinnern. Mühsam schleppt er sich ins Bad. Noch bevor er
das fehlende Glied entdeckt und das ganze Ausmaß ihres
letzten Wunsches begreift, sieht er im Spiegel in die Augen
seiner Frau.

Bettina Lindner

überraschend – kriminell

Zwischen Ankunft und Abfahrt

Seit sie beschlossen hatte zu gehen, war alles reibungslos
verlaufen, eine Handlung zog die andere nach sich und so
war es auch jetzt. Ankunft und Abfahrt würden ineinander
greifen, der Übergang nahtlos sein. Der letzte Schritt stand
bevor, war sie dann auf dem Meer, würden die endlosen
Fluten alles abwaschen, was zwischen dem alten und dem
neuen Land lag.

Sie spürte die Last der Reisetasche, ein Blick auf die Uhr der
Wartehalle, es war noch nicht an der Zeit. Die Geräusche
der Stadt drangen an ihr Ohr, gewiss hätte es in ihrem alten
Leben ein Zögern gegeben in sie hineinzugehen. In diesem
Leben, das von einem endlosen Zögern bestimmt wurde,
bevor sie den Entschluss fassen konnte. Die Münze fiel in
den Schlitz der Gepäckaufbewahrung, der Schlüssel berührte
kühl ihre Handfläche, ihre Arme schwangen im Takt des
Gehens.

Die Stadt am Meer hatte rote Backsteinhäuser, sorgfältig
erhaltene, alte Straßenlaternen. Sie lehnte sich mit geradem
Rücken gegen das Metall und schaute in vorhanglose
Fenster. Sie gaben durch ein an der Rückseite angebrachtes
Fenster den Blick frei auf den Innenhof und die Menschen,
die sich im Inneren der Häuser bewegten ohne Scheu vor
den neugierigen Augen der Vorübergehenden. Ein leises
Unbehagen befiel sie, sie wandte den Kopf, betrachtete das
Meer.
Als sie sich vom Laternenpfahl lösen wollte sah sie die Frau.
Sie saß bewegungslos hinter dem Fenster und betrachtete
ihre auf dem Tisch liegenden Hände. Fotografien von
kleinen und großen Kindern, lachend, weinend, standen auf
den Schränken, hingen an den Wänden. Die Hände ruhten
untätig und unentschlossen. Die Arme des Mannes im
Nebenraum bewegten sich, der leicht geneigte Kopf

verdeckte, wie sein Körper, den Blick auf die Staffelei. Er tauchte den Pinsel in eine der Farben und sie konnte erkennen was auf der Leinwand war. Eine nackte Frau blickte mit einem Lächeln in den Mundwinkeln auf den Maler, wie in Erwartung was weiter mit ihr geschehen würde. Sie war umringt mit Bildern anderer Frauen, die alle dieses Lächeln in ihrem Gesicht trugen. Ihre Körper waren schlank, rundlich oder üppig, ihre Haare ringelten sich über die Schultern, schmiegten sich kurz an den Kopf, so unterschiedlich sie auch waren, das Lächeln vereinte sie. Sie lagen auf dem gefliesten Boden, lehnten am Herd, am Eisschrank, die Staffelei stand unter den an der Wand hängenden Küchenmessern.

Sie konnte nicht gehen, ihre Hände suchten den kühlen Halt des Laternenpfahls, Erinnerungen stiegen auf, drohten die Sicherheit und Ruhe in ihr zu gefährden. Wusste diese hinter der Glasscheibe sitzende Frau nicht, was auf der anderen Seite der Wand, hinter ihrem Rücken geschah, wie er immer und immer wieder ein Lächeln schuf, immer und immer wieder Brüste, Schenkel, Hüften, das gekräuselte Dreieck zwischen den Schenkeln? Hatte sie jemals gesehen wie er die Rundungen umschmeichelte, die Silhouetten liebkoste? Warum schrie sie ihm nicht ihre Wut, ihren Hass ins Gesicht, so wie sie es bei ihrem Mann getan hatte und glaubte, es würde genügen. Zitternd setzte sie sich in Bewegung, ging auf das Fenster zu, um so lange dagegen zu schlagen, bis sie das Gesicht des Mannes sehen konnte, er den Pinsel aus der Hand legen würde, so lange, bis sie zu den Schiffen am Hafen gehen konnte. Sie machte den ersten Schritt und die Hände lösten sich vom Tisch. Sie sah sein Erstaunen, als diese sich der Wand hinter der Staffelei näherten und er das Lächeln in den Mundwinkeln erblickte.

Heide Berger

Gespräch mit Schwester Robert

Ich hatte keine Ahnung wie lange er schon hinter mir stand,
denn ich führte ein angeregtes Gespräch mit dem Barkeeper.

Erst, als er mir gegen die Schulter stupste, drehte ich mich
zu ihm um. Obwohl ich ihn noch nie gesehen hatte, sagte
ich: „Hallo, kennen wir uns?"
„Du", sagte der offensichtlich ziemlich angetrunkene Mann,
„mir geht`s beschissen. Kannst du mich bitte mal kurz in
den Arm nehmen?"
Ich war zwar ziemlich verblüfft, aber angesichts von so viel
Offenheit und Verzweiflung konnte ich mich nicht mehr
bremsen. Ich nahm dieses Häufchen Elend in die Arme und
streichelte ihm tröstend über die Halbglatze. Tränen liefen
ihm übers Gesicht. Er begann mir von seinem Kummer zu
erzählen. Schriftsteller sei er und er habe in seinem ganzen
Leben bisher nur einen einzigen Erfolg gelandet. Einen Song
für Peter Maffay habe er geschrieben. Aber das glaube ihm
heute sowieso keiner mehr. Und überhaupt sei sein Leben
völlig verpfuscht.
Er war wohl nicht in der Lage sich klarer auszudrücken, weil
er zuviel getrunken hatte. So beschränkte ich mich darauf,
ihm zu sagen, dass Trinken wohl auch keine Lösung wäre
und dass es sicher auch für ihn irgendwann wieder aufwärts
gehen würde.
Als meine Freunde gehen wollten, bat er mich eindringlich,
zu bleiben. Ich lehnte ab, versprach aber, am nächsten Tag
anzurufen. Er gab mir seine Karte. Robert Mey,
Schriftsteller, stand darauf.
Am nächsten Tag hatte ich gar keine große Lust anzurufen.
Ich hatte ein ungutes Gefühl im Bauch, aber mein Gewissen
ließ mich nicht in Ruhe. Ich hatte es versprochen.
Ich griff zum Hörer. „Schwester Robert", meldete sich seine
Stimme. Mir blieb die Antwort im Hals stecken. „Hallo?",

fragte er. „Äh, hallo“, sagte ich, „ich bin`s, erinnerst du
dich?“

„Ah ja, natürlich. Das ist aber lieb, dass du dich meldest.“

„Wieso meldest du dich so komisch?“, fragte ich verunsichert.

„Ach, das ist mein Spitzname. Ich bin Krankenpfleger.“

„Ach so“, sagte ich erleichtert. „Wie geht es dir heute?“

„Ich habe die ganze Nacht geheult.“

„Wohnst du alleine?“

„Nein, mit meinem Hamster.“

„Ach ja“, sagte ich und hatte schon wieder dieses seltsame
Gefühl.

„Du kannst mich ruhig auslachen, aber mein Hamster ist
alles was ich habe. Er versteht mich. Ich habe ihn heute
Nacht im Arm gehalten und Angst gehabt, dass er mich
auch noch verlässt.“

Mir fehlten die Worte. Wie einsam muss ein Mensch sein,
dass er nur noch einen Hamster als Ansprechpartner hat?

„Was ist bloß los mit dir? Du bist wohl in einer sehr
schlimmen Krise?“, fragte ich, weil mir nichts Besseres
einfiel.

Am anderen Ende hörte ich ein verzweifeltes Schluchzen.

„Was ist passiert?“, fragte ich. „Es muss doch irgend etwas
passiert sein!“

„Passiert?“, er lachte hysterisch auf, „ja, es ist etwas passiert.
Aber ich glaube kaum, dass du das wirklich hören willst.“

Ich schwieg.

„Willst du es hören oder nicht?“, fragte er eindringlich.

Ich war mir nicht sicher. Meine innere Stimme warnte mich,
aber ich war auch neugierig. „Wenn du dich ausquatschen
willst, ich kann zuhören.“

„Also gut“, er fing an zu erzählen. Zögernd zuerst, dann
immer schneller sprudelten die Worte aus ihm heraus. Ich
hatte das Gefühl in einen Strudel zu geraten, der mich nach
unten zog.

„Als junger Mann war ich auf der Polizeischule in
Göppingen. Danach habe ich meinen Dienst angetreten,
ganz normal. Hat mir Spaß gemacht, der Job. Als ich
dreiundzwanzig Jahre alt war, wurde ich von einem Irren
ohne ersichtlichen Grund zweimal in den Rücken
geschossen. Seitdem ist mein Leben zerstört. Ich leide nur
noch." Er schluchzte leise vor sich hin und ich hatte Mühe
ihn zu verstehen. „Wenn jemand hinter mir steht drehe ich
durch. Kannst du dir vorstellen wie das ist? Ich habe meinen
Job deswegen verloren. Fallenlassen haben die mich, jawohl.
Eiskalt fallenlassen!" Seine Stimme veränderte sich, wurde
leiser. „Ich hatte nach dem Unglück jahrelang
Potenzprobleme. Mein rechtes Bein war gelähmt. Sämtliche
Beziehungen sind daran kaputt gegangen. Ich quäle mich
Nachts oft mit Alpträumen. Es ist schrecklich! Ich wache
auf, höre Schüsse, zwei Schüsse. Das ganze Bett ist voll Blut.
Meine Narben gehen immer wieder auf. Überall ist Blut! Ich
habe die Schüsse gehört. In meiner Wohnung ist geschossen
worden, das weiß ich genau. Aber außer mir hat niemand
etwas gehört."
Ich war sprachlos vor Entsetzen. „Hast du schon mal eine
Therapie versucht?", fragte ich, um überhaupt etwas zu
sagen.
„Therapiiiiiiiiie?", stöhnte er. „Ich habe alles probiert! Ich
bin kaputt! Mir kann keiner mehr helfen!"
„Mein Gott, das ist jetzt so lange her", sagte ich, „du musst
doch irgendwann mal aufhören zu jammern und dein Leben
in die Hand nehmen."
„Ich kann nicht! Ich kann einfach nicht! Ich kann es nicht
verstehen! Warum ich? Warum ich?", jammerte er weiter.
„Glaubst du, dass diese Frage dich weiterbringt?", fragte ich
und erzählte ihm von den vielen Gewaltopfern auf der Welt,
die auch irgendwie weiterleben. „Wenn du da raus willst,
kommst du auch raus."
„Du hast leicht reden", antwortete er. „Ich bin fertig,
verstehst du das nicht?" Er schwieg eine Weile, dann sagte er

mit seltsam krächzender Stimme: „Ich habe eine Pistole im Schreibtisch."
Jetzt wird`s aber kritisch, schoss es mir durch den Kopf.
„Und?", fragte ich.
„Was und? Wenn ich den Typ erwische, mache ich ihn fertig."
„Glaubst du im Ernst, dass es dir dann besser geht?"
„Ich weiß es nicht. Aber er muss dran glauben. Irgendwann....."
„Ich denke, du willst da herauskommen. Warum erzählst du es mir sonst?"
Auf einmal schwenkte seine Stimme um, wurde hart.
„Ich will dir mal was sagen. Du warst wirklich sehr nett! Aber jetzt kommst du mal zu mir!"
„Bitte?", fragte ich entgeistert. „Warum sollte ich zu dir kommen?"
„Doch!", brüllte er in die Leitung. „Du kommst jetzt zu mir! Du kommst jetzt zu mir und dann schieße ich dir zweimal in den Rücken und dann sprechen wir uns ein paar Monate später wieder!"
Dann klickte es in der Leitung.

Susanne Stigler

Der Auftrag

Es war Winter geworden. Kein Winter, wie man ihn gemeinhin kennt, aus zarten Schneeflocken, zugeschneiten Sträuchern und glitzernden Eisfeldern. Es war ein Winter ohne Wärme, endlos grau, mit eisigen Regengüssen, die den Körper bis in das Innerste aufweichten, ihn bloß und schutzlos machten.

Hugo Boratti verließ seine Wohnung. Es war gegen halb neun abends. Der Regen peitschte sein fahles Gesicht, prasselte auf seinen weiten, schwarzen Umhang, den der Wind heftig aufblähte. Er spürte die Kälte kaum, die dumpfe Leere des Weges als er die finstere Kastanienallee durchquerte. Er hatte einen Auftrag auszuführen. Das war gut so. Er wollte ihn schnell und ordentlich erledigen. Lange genug war er aus Unpässlichkeit an seine Wohnung gebunden gewesen. Er hasste Untätigkeit. Endlich war es wieder einmal so weit. In der Ferne schimmerten die Straßenlampen des Villenviertels, verwischt durch sich stauende Nässe. Ja, das war genau das richtige Wetter dazu. Unwillkürlich streiften seine klammen Finger die Seite. Der verschlissene Beutel hing noch dort. Gut so!

Hugo Boratti erreichte das erste Haus. Er suchte, bis er das Objekt gefunden hatte. Er wusste ganz genau wie er vorgehen musste. Zuerst die Alarmanlage außer Betrieb setzen, ein unvergittertes Fenster aufbrechen, lautlos, wie er es einst gelernt hatte. Dann, der Weg zum Kaminzimmer. Er kannte den Ort. Sein Auftraggeber hatte ihm genaue Pläne zukommen lassen.

Hugo Boratti kannte keine Hemmungen. Für gutes Geld machte er gute Arbeit. Er war einer der besten seines Faches. Natürlich durfte man seinem Opfer vorher nie in die Augen schauen. Das bremste den Willen, zuzuschlagen. Und *ein* Schlag musste genügen. Der Rest war einfach. Das Bild abhängen, den Tresor knacken und verschwinden..... Halt! Er würde sich noch vorher einen Schluck genehmigen. Auf den Erfolg!

Das Fenster bereitete ihm kein Problem. Schnell fand er sich zurecht, huschte wie ein flüchtiger Schatten über den finsteren Gang. Das Kaminzimmer. Er hörte leise Klänge. Laut genug, um unbemerkt die Tür einen Spalt zu öffnen.

Sie saß in einem wuchtigen roten Sessel, die Lider geschlossen, die Beine unanständig hoch gelegt und ihre vollen Lippen bewegten sich leicht, wie wenn sie mit jemandem flüstere. – Er hatte seine Aufträge immer zu Ende gebracht, sorgfältigst. Doch diesmal........ Er kannte sie. Das lange, tizianrote Haar, kunstvoll hoch gebunden, mit dünnen Strähnchen bis zu den buschigen Augenbrauen, die kräftige Nase mit der runden Spitze. Ihre Beharrlichkeit, mit der sie kompromisslos ein Ziel verfolgte, hatte er selbst erlebt. Er musste sich in Acht nehmen. Was machte sie hier?

Vorsichtig drückte er die Tür auf. Im gleichen Moment öffnete sie die Augen, nur einen winzigen Spalt, doch er wusste, sie beobachtete ihn genau. Sie zeigte sich nicht überrascht, nein, sie schien mit ihm gerechnet zu haben.

„Hallo...“, würgte er heraus, „machst du mir jetzt Konkurrenz?“ „Dir, Konkurrenz...?“, sie grinste amüsiert. „Du weißt, die Liebe macht auch vor Reichtum nicht halt.“ Hugo Boratti schnaubte erregt. „Du willst mir doch nicht erzählen, dass du von mir zuwenig bekommen hast. Ich habe mich immer bemüht, dass du gut leben konntest!“ Sie lachte hell. „Quatsch! Ich mache dir doch keine Vorwürfe. Aber manchmal muss man eben die Chance ergreifen.“ Er zwang sich zur Ruhe. „Meinst du, ich komme zur Besichtigung? Wie viel ist im Tresor?“

„Es sind doch nur Papiere drin", erwiderte sie,
„Schuldscheine, und kaum Bargeld."
„Mein Auftraggeber will diese Papiere." Er grinste. „Die
sind ihm einiges wert. Du verstehst. Auftrag ist Auftrag und
ich bürge mit meinem guten Ruf dafür."
Plötzlich verspannte er sich. „Still!", zischte er, „da kommt
jemand."

Sie hörten die Haustüre ins Schloss knallen und Schritte auf
der Treppe.
„Hallo, Schatz, bist du noch auf?" Der drahtige, ältere Herr,
der das Zimmer betrat, versprühte förmlich gute Laune.
„Hast du den Sekt schon kalt gestellt?" Er musterte sie
besitzergreifend. Lächelnd holte er zwei Lederbeutel aus
seinen Jackentaschen. „Du wirst es nicht glauben.
Rohdiamanten von hervorragender Güte. Ein Vermögen."
„Aber woher?", fragte sie verwundert. Er lächelte stolz. „Ich
habe da meine Beziehungen...."

Das waren seine letzten Worte. Hugo Boratti, vorher noch
hinter der Couchgarnitur versteckt, hatte ihn blitzschnell mit
einem chloroformierten Wattebausch betäubt. „Er wird
nachher etwas Kopfschmerzen haben", meinte er beiläufig
und durchsuchte ihn. „Hah, die begehrten Schlüssel." Er
band ihm die Hände und Füße zusammen.

Sie reckte die Arme hoch. „Willst du mich auch gleich
fesseln?" Er gluckste hohl. „Gleich, gleich. Sag mal, wusstest
du, dass er Diamanten mitbringt?" Sie seufzte und lächelte
undurchsichtig. „Jetzt muss ich eben mit dir teilen."
„Na..., wohl oder übel." Hugo Borattis Stimme klang etwas
dünn, als er sorgfältig den Wattebausch richtete. „Ich hoffe,
du wirst mir nicht weh tun!", sagte sie.
Er lächelte sanft und holte den Sekt aus dem Beutel.
Schweigend tranken sie.

Sie sank leblos in seine Arme, als er sie betäubte. Dann schnürte er sie sacht. Nach dem Tod seiner Frau war sie irgendwann ausgezogen und hatte ein eigenes Leben begonnen. Er sah sie selten.

Doch es war komisch. Seine Tochter blieb auf seiner Spur.

Wolfgang Nachbauer

Jenseits der Tür

Hinter dieser Tür wohnt Lili, heute noch. Auch heute
Nacht noch. Morgen abend nicht mehr. Denn morgen
früh, noch bevor die Sonne ganz aufgegangen ist,
kommt Fred. Ich hoffe, er macht seine Arbeit gut. Es
war nicht leicht, ihm den Job anzudrehen und
entsprechend ist sein Preis.

Als ich Lili heute abend noch einmal besuchte, schaute
sie mich fragend an, etwas unsicher und auch etwas
länger als sonst. Ich streichelte ihr zärtlich über den
Kopf und kam mir nicht besonders großartig dabei
vor. Wortlos wandte ich mich der Tür zu. Ein paar
Sonnenstrahlen fielen noch durch den Rahmen auf
Lilis Gesicht. Sie wandte den Blick nicht von mir, bis
ich die Tür zugemacht hatte. Wie lange sie die Tür
noch angeschaut hat?

Morgen früh wird Lili diese verdammte Tür mit
anderen Augen sehen. Nicht mehr als Schutz vor dem
Draußen. Wahrscheinlich wird sie versuchen durch
diese Tür zu flüchten - vor ihrem Mörder, wenn er
langsam, abschätzend auf sie zugehen wird.

Mir wird jetzt fast übel bei dem Gedanken. Wenn Lili
etwas ahnt - und irgendwie glaube ich das - dann wird
sie bestimmt heute nacht zu fliehen versuchen. Durch
diese Tür, die ich vorher von außen sorgfältig
verschlossen habe. Ob ich aufstehen und die wenigen
Meter nach drüben schleichen soll? Ich brauche die
Tür ja nicht ganz zu öffnen. Es würde schon genügen
den Schlüssel einmal nach links umzudrehen. Einfach
für den Fall, dass Lili fliehen will.

Während ich die Treppe hinabsteige, fällt mein Blick
auf das Handy auf dem Garderobeschränkchen.
„Warum eigentlich nicht mit einem kurzen Anruf das
ganze Problem lösen?", fährt es mir durch den Kopf.
Ich werde mir einfach eine andere Lösung für Lili
einfallen lassen müssen.

Der Zettel mit Freds Nummer liegt noch neben dem
Telefon. Es scheint mir eine kleine Ewigkeit zu
dauern, bis er sich mit einem unwirschen, knappen
„Hallo?", meldet. Er unterbricht mich, bevor ich
meine Ausrede aufgesagt habe: „Kann sowieso nicht;
habe mir heute abend das rechte Handgelenk
verstaucht. Du weißt, links bin ich mit dem Messer
nichts." Mit einem harten Knacken endet die
Verbindung.

Die klirrende Kälte vergessend, renne ich im
Schlafanzug über den Hof. Nachdem ich endlich das
Schlüsselloch im Dunkeln gefunden habe, reiße ich die
Tür auf und taste nach dem Schalter. Im dämmrigen
Schein der nackten Glühbirne unter der Bretterdecke
hebt Lili ihren Kopf vom Stroh und blinzelt mich
überrascht an. Ich knie neben ihr in den Schmutz und
kraule sie zärtlich hinter den rosaroten Ohren. „Na,
altes Mädchen, du weißt wohl gar nicht, was du für ein
Schwein hast!", murmle ich. Lili grunzt
halbverschlafen.

Die Tür knarrt in den Angeln, als ich sie hinter mir
zuziehe. Gleich morgen früh werde ich etwas Öl
hinsprühen.

Winfried Moosmann

beziehungs – weise

Schwarzumrandete, rostbraune Flecken

Unregelmäßig gezackt, schwarzumrandete, rostbraune
Flecken
an der Zimmerdecke. Öd, trist, verwaschen, *Flecken eben.*

Flora starrte gelangweilt darauf. Die Abende zogen sich zäh
dahin.
Ihr Innerstes triefte vor Selbstmitleid.
Die Sängerin im Radio folterte Floras Trommelfell.
Sie stand auf, schlug mit der flachen Hand auf das Gerät
und schaltete es aus.

Zurück blieb Stille, lastende Stille. Ihre Gedanken streiften
noch einmal den vergangenen Tag.

Gleichmaß, Durchschnitt, nicht die kleinste Katastrophe.
Kein Weltuntergang,
kein Held, kein gar nichts.

Nur schwarzumrandete, rostbraune Flecken.

Edith Lückert

Die Farbe Rot

Wow, Jungs wie die wieder rot anläuft,
jetzt guckt doch mal,
Mensch schaut euch *die* bloß an,
oh Mann irre!

Nach Jahren noch,
hörte sie in der Erinnerung seine Stimme.
Boshaft hämisch – und
dann, *dieses Lachen*....

Nach Jahren, - er fuhr das Auto,
welches vor ihr an der Ampel stand.

Ein Traum von einem Wagen.
Cabriolett, glänzender Lack,
jede Menge Chrom,
ein echtes Liebhaberstück.

Die Ampel stand noch immer auf rot.
Sie gab Vollgas.

Edith Lückert

Sturm

Ein überlauter Donnerschlag ließ die Stille bersten. Blechern, zerstörerisch, in immer kürzeren Abständen folgend. Fensterglas klirrte und der Boden des kleinen Hauses erbebte.

Alle Urgewalten der Hölle schienen sich dort draußen in Blitz und Donner zu erschöpfen. Sturm kam auf und warf sich voller Wucht gegen die Mauern. Die Tür sprang auf, schlug gegen die Wand und fauchender Wind erfüllte den Raum.

Gelbe Blitze erhellten zuckend das Haus. Dies, mit geöffneter Türe, preisgegeben dem Zorn der Natur.

Ein Bild wurde vom Regal gefegt, ein zweites folgte. Tücher, Blätter wirbelten durch das Innere des Hauses. Schwerfällig schwang eine eiserne Lampe hin und her. Zornig riss der Wind Teller und Kräuterbündel von einem Kaminbord. Porzellan zerbarst auf dem Steinboden.

Wieder knallte die Tür an die Mauer, noch immer ohne Halt, gebeutelt vom peitschenden Sturm. Hagel prasselte auf das Dach. Zerstörerisch und hart.

Dann, hielt der Sturm den Atem an?

Von einem Augenblick zum anderen Ruhe. Donnergrollen über dem Meer verhallend, leiser werdend, gänzlich verstummend.

Die Ruhe nach dem Sturm.

Edith Lückert

Unwiederbringlich

Vera schaute über das ruhige, grünblaue Wasser. Ihr Blick
verfing sich dort, wo die Sonne purpurrot die Schwelle des
Meeres erreichte, aufglühend darin versank.

Wie lange war es her? Damals, es war ein Abend wie dieser
gewesen. Grandios und einmalig hatte sie den Sonnenuntergang erlebt. Waren es Jahre, Jahrzehnte oder nur
Monate? Es war ohne Belang. Die Zeit hatte geteilt, geheilt
und war geeilt. Unwiederbringlich.

Vera war damals hier gestrandet, auf der Flucht vor der Welt
und vor sich selbst. Sicherheit, Ruhe, doch auch gefangen
und eingegrenzt, so hatte sie das Leben auf der Insel anfangs
erlebt. Sie war ruhig geworden. Ihre Gefühle hatten
aufgehört Karussell zu fahren.

Dann hatte Mark ihr Herz erobert und war zu ihrer Insel
geworden. War Stärke, Sicherheit, Freiheit und unbegrenzter
Horizont.

Es waren gute Jahre gewesen.

Dann eines Tages war Mark gegangen, ohne Vorwarnung,
unwiederbringlich. Vera fühlte noch immer, selbst nach
vielen Wochen seine Gegenwart. Wachte oft am Morgen auf
und roch in den Kissen seinen Geruch. Salz und Schweiß,
unverkennbar er.

Sie würde die Insel nie mehr verlassen.

Edith Lückert

Zugfahrt

Wir standen auf dem Bahnsteig, eng beieinander, als wäre es
ein Abschied für immer. Franz klopfte mir aufmunternd auf
die Schulter.
„Erhole dich, du hast dir ein paar freie Tage verdient.“
Ich lächelte. Zugegeben, mein Lächeln war nicht ohne
Sorgen: „Du musst jetzt allein den ganzen Haushalt
bewältigen.“
„Ich schau schon, dass mir die Kinder helfen.“
Er sah auf die Uhr. Schon zum dritten Male in einer Minute.
„Du kannst heimgehen“, sagte ich. „Ich kann alleine auf den
Zug warten.“
„Natürlich bleibe ich“, sagte er bestimmt. „Das weißt du
doch.“
Ich wusste es. Franz würde mich nie einfach stehenlassen.

Endlich fuhr der Zug in den Bahnhof ein. Endlich war mein
Gepäck verstaut. Endlich hatte ich einen Sitzplatz gefunden;
jetzt war ich drinnen und Franz draußen.
„Ruf gleich an!“, rief er durchs geöffnete Fenster. „Und pass
gut auf dich auf!“
„Wie das wohl gemeint ist?“, dachte ich, „pass gut auf dich
auf.“

Das Seminar fand in Kufstein statt, in einem abgelegenen
Gasthaus, oben auf dem Thierberg.
Als ich das letzte Mal dort war, hatte ich die Tage nur mit
Schreiben und Lesen verbracht, weil es nicht aufgehört hatte
zu regnen.

Wie sollte ich da auf mich aufpassen?
Ich wollte nur wieder mal unbekümmert und sorglos sein,
frei von Terminen, von Problemen und Ärger.
Zeit haben die Natur zu erleben und Sonne, Berge und
Blumen.

Zeit haben für meine Tagebücher.
Ich sah mich schon in meinem bunten Patchwork-Rock im
Garten sitzen und aufschreiben, wohin meine 46 Jahre
verlaufen sind und was mich so alles bewegt. Im Garten, wo
mir niemand hineinredet, wo ich mit mir alleine bin.
Wie sollte ich da auf mich aufpassen?

Als der Zug endlich abfuhr, nach einer Ewigkeit, wie mir
schien, stand Franz da und winkte und ich winkte zurück, so
lange, bis der Zug eine Rechtskurve machte und der
Bahnhof aus meinem Blickwinkel verschwand.

Ich verstaute meinen Rucksack ebenfalls ins Gepäcknetz,
neben die Tasche.
Ich hatte ja eben erst zu Mittag gegessen.
Wenn Franz nach Hause kommt wird er gleich anfangen den
Tisch abzuräumen und das Geschirr zu spülen.

Ich setzte mich wieder, lehnte mich zurück und schloss die
Augen. Ich wollte die Fahrt genießen, wollte irgendetwas
träumen, wollte mich weit weg träumen.
Draußen rasten Städte und Dörfer vorbei, Fabriken,
Möbelhäuser, ein Tennisplatz zwischen zwei Schnellstraßen.

Mein Leben als Landschaftsbild.
Hätte ich einen Pinsel in der Hand, würde ich es jetzt malen.
Ich würde ein ganz bestimmtes Bild aus meiner Kindheit
malen:

Da steht ein riesiger Kastanienbaum im Hof. Zwei kleine
Mädchen sitzen darunter mit Sonntagskleidern und einer
Schleife im Haar, das kleinere Mädchen hält eine Puppe im
Arm.
Die Mutter trägt einen Bierkrug in der Hand und bewirtet
die Gäste, die an Biertischen sitzen und hat im Augenblick

keine Zeit mit den Töchtern zu spielen, der Vater sitzt bei
den Stammgästen.
Oma kommt soeben aus dem Hinterstall. Sie hat die Hasen
gefüttert und die Hühner und streckt die Arme aus, wie sie
sie dem kleinen Mädchen oft entgegenstreckte wenn es einen
Platz brauchte, wo es sich verstecken, einen Ort, wo es
weinen konnte oder einen Menschen brauchte, an dem es
sich halten konnte.

Ich starrte aus dem Zugfenster und wollte wieder das
sechsjährige Mädchen von damals sein. Ich wollte, dass sich
Oma immer noch um die Tiere kümmert und Semmelknödel
kocht und mich an sich drückt.

Aber sie ist nicht mehr am Leben und ich lebe noch und ich
brauche immer noch einen Platz, wo ich mich verstecken
und wo ich weinen kann oder einen Menschen, an dem ich
mich halten kann.

Den finde ich jetzt anderswo, weit weg vom Kastanienbaum.
Weit weg vom Kastanienbaum hat sich mein Weg mit einem
anderen Weg gekreuzt.
Gerade als ich anfing, mich verzweifelt zu fragen, ob mein
Leben nichts anderes für mich bereithielt als Schule und
bedienen, als dieses mühsame Herumtasten nach einem
Sinn, tat sich dieser Wegweiser vor mir auf, an dieser
Kreuzung vor der neunzehnten Lebens-Straße.
Da war plötzlich jemand, der mir sagte: „Still. Hab keine
Angst. Ich bin ja bei dir."
Nie, nie vergesse ich diese Worte. Zauberworte, niemals
zuvor gehört.
Zauberworte, die ich in diesem Garten in Kufstein in mein
Tagebuch schreiben werde.

Als der Zug in Kufstein einfuhr und die Türen sich öffneten,
sah ich meine Oma hinter den Gleisen stehen und mir
zuwinken.
Sie hatte noch das Hühnerfutter in der anderen Hand und
ich hörte ihre Stimme, ich hörte sie ganz deutlich: „Still. Hab
keine Angst. *Ich* habe auf dich aufgepasst."

Heidi Danner

Mc Laughlin

Manchmal sitze ich abends bei Mc Laughlin und höre den
Musikanten zu.
Meist sind es junge Männer, die sich dort zusammenfinden
um auf ihren traditionellen Instrumenten zu spielen. Ganz
ohne Notenblätter erwecken sie uralte irische Lieder zu
neuem Leben.
Mit jedem „pint of Guiness" wird ihr Spiel gelöster. Ich
kann sehen und fühlen wie ein Funke überspringt zwischen
den Musikern. Sie zwinkern sich zu, wenn ihnen ein
besonders schwieriges Stück leicht von der Hand geht.
Der kleine Raum ist erfüllt von der Musik. Die Zuhörer
können sich kaum noch auf den Stühlen halten. Jeder nimmt
irgendwie teil. Es wird geklatscht, geschunkelt, mit Löffeln
geklappert, gesummt, gesungen oder mit den Füßen
getrampelt. Die Stimmung steigt auf den Höhepunkt.
Und dann sehe ich ihn. Er sitzt still und in sich gekehrt
zwischen all den fröhlichen Menschen. Sein Blick scheint auf
die Musikanten gerichtet, aber er schaut durch sie hindurch.
Seine Augen sind feucht. Er lauscht den Klängen der
verschiedenen Instrumente.
Das Leben hat sich verändert, seit seiner Jugend. Doch
fiddle, bodhran, tin-whistle, Uilleann-pipe, hurdy-gurdy und
wie sie alle heißen, sind geblieben.
Wortlos drückt der Bodhran-Spieler dem alten Mann sein
Instrument in die Hand. Der Alte nimmt sofort den
Taktstock und beginnt, seine Rhythmen auf die Ziegenhaut
zu trommeln. Er spielt den ganzen Abend. Sein Blick
verändert sich nicht. Er schaut durch alles hindurch, spielt
nur für sich.
Die Jungen lassen ihn gewähren. Sie reden wenig mit ihm.
Aber das Band der alten Melodien scheint sie einander näher
zu bringen als jedes Wort.

Susanne Stigler

Fasching

Die tolle Zeit war ausgebrochen. Unsere drei ältesten Kinder
waren voller Tatendrang dabei, sich für eine Faschingsfeier
entsprechend verrückt zu dekorieren. Aber nicht nur unsere
Kinder, sondern auch alle ihre Freunde waren in unserem
Haus erschienen. Wir kamen uns vor wie in einer
Theatergarderobe. Jeder zupfte an jedem. Bäder und
Toiletten wurden in Beschlag genommen. Schuhe, Strümpfe,
Perücken flogen in der Gegend herum. Überall lautes
Gelächter und Bewunderung des anderen. Die Ideen sich zu
verkleiden wurden immer verrückter. Selbst vor dem
Kleiderschrank der Oma machte man nicht halt.

Wir schauten dem Treiben zu und uns kamen Erinnerungen
an schöne Feste in unserer Jugend. Es brauchte eine Weile,
bis sich alle gemeinsam aufmachten. Vater stellte sich recht
müde und maulte, wann sie denn nun endlich verschwinden
würden.

Kaum waren die Jungen aus dem Haus, wurde Vater wieder
wach. Nun legten wir los. Unsere kleine Tochter half mit
Begeisterung beim Verkleiden. Mit zwei fremden
Herrenanzügen, Handschuhen, fremden Schuhen, Schals um
den Hals und Hexenmasken waren wir nicht mehr zu
erkennen.

So fuhren wir eine Stunde später unseren Kindern nach, um
uns in das Faschingsvergnügen zu stürzen. Langsam
pirschten wir uns an die jungen Leute heran, ab und zu
etwas mit verstellter Stimme von uns gebend, um Neugier
auszulösen. Dann fingen wir an, einen nach dem andern
zum Tanz zu holen. Das Interesse wurde immer größer und
man fragte sich, wer die beiden wohl seien, sie wissen so viel
von uns, wir müssen sie kennen. Einem Freund unseres
Sohnes musste ich auf die Finger klopfen, denn er wollte

feststellen, ob sich hinter der Maske eine Frau oder ein Mann verbirgt, was ihm später sehr peinlich war.

Die Angelegenheit wurde immer spannender. Der Tanz Mutter und Sohn war wohl das schönste Erlebnis. Soviel Charme hatte sie bei ihm noch nie erlebt und es wurde ihr klar, warum die Mädchen so von ihm schwärmten. Er versuchte sie auf sehr liebenswerte Art auszufragen, aber er konnte das Geheimnis nicht lüften. Natürlich schmolz mein Mutterherz dahin. Als Vater mit seinen Töchtern tanzte, wurde ihm sein Goldzahn zum Verhängnis. Beide schwiegen, machten Andeutungen und freuten sich an der Verwirrung der anderen.

Bis Mitternacht hat uns niemand erkannt, aber der Druck der jungen Leute, die Maske endlich abzusetzen, wurde zu groß. Die Überraschung war uns voll gelungen. Das Gesicht meines Sohnes werde ich nicht vergessen, denn wie er mir gestand, hatte er ein junges Mädchen hinter der Maske vermutet und meinte, wenn ich keinen Schal getragen hätte, so wäre doch mein Hals zu sehen gewesen, was ich nicht gerade schmeichelhaft fand.

Nach dem Hallo landeten wir an der Bar. Jeder wollte mit uns anstoßen, was nicht ohne Folgen blieb. Den ganzen Abend hatte ich der Maske wegen nichts trinken können und nun ging es zu schnell. Ein kräftiger Schwips war vorprogrammiert. Laut singend gingen wir zwei Alten nach Hause, glücklich einen ganz anderen Fasching erlebt zu haben.

Rosi Raab

sarkastisch – gesellschaftskritisch - zukunftsorientiert

Einfremdung

Langsam, fast behäbig , wie ein unbeholfenes Reptil kroch
der Zug aus seiner Höhle.
Bahnhöfe verknüpfte Hellen manchmal mit
Drachenquartieren, wo einst Qualm, Dampf und
ohrenbetäubendes Pfeifen ein gefährliches Ungetüm
ankündigten. Doch heutzutage erinnerten sie eher an
modern-sterile Wartesäle, flüchtiges Durchgangsquartier für
unbekannte Menschenschwärme mit fahrplanbestimmten
Verbindungen zur Außenwelt, Teledrive in den Kultstätten
des modernen Maschinenzeitalters.
Sie seufzte verhalten und straffte mit einer schnellen
Bewegung die halblangen, ziegelroten Locken.
Es roch nach herb-süßem Blütenstaub, der sonnige
friedliche Tage in ihrer versteckten Gartenlaube wachrief,
jedoch ohne den stickigen Dieselgeruch dazwischen. Von
ihrem Sitzplatz unter dem grüngespänten Ziegelvordach mit
seinen rissigen, kaffeebraunen Stützen, konnte sie den
Bahnsteig voll überblicken. Anstelle der nun sechs
Schienenstränge, durchzogen früher nur zwei schmale Gleise
das Gelände, Wege in eine erlebnisreiche Ferne.
Zwanzig Meter links klaffte der neu errichtete, betongraue
Eingang zur Unterwelt, von wo aus die verschiedenen
Bahnsteige erreicht werden konnten und wo ein Weg
weiterführte zu einer Wildnis aus mausgrauen, verwitterten
Kanalrohren, zerfetzten, teerglänzenden Straßenbelägen,
rostigen Rangierböcken, Gleis- und Weichenteilen, eng
umschlungen von ungebändigten Efeuranken und von
lindgrünem, biegsamen Buschgestrüpp überwuchert.
Ein Gepäcktransporter surrte klappernd vorbei.
Plötzlich bemerkte sie das Leben um sich. Den salonfähigen
Mitfünfziger im auberginefarbenen Einreiher, der mit
gleichmäßigem Klopfen seiner harten Schuhsohlen, wie ein
mechanisches Schlagwerk, hin und her marschierte. Die
älteren Männer in bunten Freizeitjacken und Filzhüten,

vielleicht eine Rentnerclique. Daneben stemmte sich engumschlungen ein junges Paar, fast glucksend vor Glück, gegen die Schwerkraft.

„Gib mir meine Puppe wieder!", plärrte ein kleines Mädchen.

Hellen beobachtete, wie ein etwas größerer Junge triumphierend die Puppe hochschwenkte und lachend davon rannte.

Ihre Gedanken blieben bei ihrem Mann hängen, wo alles nach Programm ablief, der auf Zärtlichkeiten wie ein stressgeplagter Manager reagierte. Sie war froh, mit ihren 53 Jahren noch eine Arbeit als Hotelgehilfin gefunden zu haben. „Denk doch mehr an dich", hatte ihr Helga geraten, eine ehemalige Schulfreundin, die sie heute besucht hatte. „Geh aus dir raus, brich die verkrusteten Rollenspiele auf und mach das, was du für richtig hältst."

Dieser plötzliche Schatten, zwischen flüchtigen Befürchtungen, offenbarte sich als einfahrender Zug. Sie hatte noch Zeit.

Die langen, grüngespeckten Wagons spuckten Menschen wie abbröckelnde Steinmassen aus, zersplittert in fröhlich springende Kinder, Frauen in bunten Kleidern, Männer mit Koffern, lachende, schwatzende Menschen, andere stumm und gleichmütig.

Sie beobachtete das ameisenhafte Gewimmel, neugierig wie ein Kind, das alle beweglichen Bilder noch begeistert aufnimmt.

„Die Abfahrt nach Neuhausen verzögert sich um dreißig Minuten!", brüllte eine namenlose, brüchige Stimme aus den Lautsprechern. Die Anzeigetafeln änderten ihre Hinweise.

Sie prüfte die Zeit auf ihrer Uhr und streifte mit einem Blick ihr Kostüm aus rauchfarbenem Mischgewebe. Ihr Mann hatte auf dieser Farbe bestanden, weil sie hervorragend zum Metalliclack seines Wagens passte. Sie hatte nie den Mut besessen zu widersprechen und sie fand, es variierte irgendwie aufregend mit ihrer leicht molligen Figur, ebenso

mit ihren flaschengrünen Augen, in denen manchmal ein
Licht zu flackern schien, unstet, wie ein magisches
Moorleuchten.
„He, du Kanake! Mach Platz!"
Zwei Jugendliche pöbelten einander an. „Du willst wohl...!",
kreischte der eine und hob drohend die Faust. Der andere
schubste ihn weg. „Selber Kanake!" Sie zogen Grimassen
und rannten lachend davon.
Hellen bemerkte erschreckte Blicke, Gleichgültigkeit und
Kopfschütteln.
Wenn doch endlich der Zug käme. Schwarze Gewitter-
wolken trieben aus der Ferne unaufhaltsam näher.
Plötzlich lautes Geschrei. „Nein...!" Es ging sie nichts an. Sie
stand auf. Jetzt hörte sie deutlich: „Los, macht ihn fertig!"
Niemand schien es zu kümmern.
Warum kam der Zug noch nicht? Unstet ging sie einige
Schritte, schaute um die Hausecke. Auf dem Parkplatz
bemerkte sie drei junge Männer in dunkler Lederkleidung.
Scharfrichter in schwarz, die ihre Waffen noch hinter
provozierenden Worten versteckt hielten.
Schaulustige gesellten sich dazu.
Hellen näherte sich unbeachtet. Jetzt erkannte sie einen
älteren Mann, mit schwarzen, leicht gekräuselten, nach
hinten gekämmten Haaren. Sie schätzte ihn auf etwa sechzig
Jahre. Er glänzte in südländischer Bräune.
„Na, was ist los?!" Einer der jungen Männer schob sich nach
vorn. „Willst du mir nicht antworten? Wohl illegal hier...?"
Ein anderer giftete: „Von euch Ausländern gibt es schon zu
viele, wir brauchen keine Wirtschaftsparasiten und
Sozialhilfebetrüger."
Die Raufbolde kreisten ihr Opfer ein, bereit zuzustoßen.
Der erste Schlag kam überraschend und warf den kleinen,
schmächtigen Fremden gegen eine rote Limousine. Einer
der Schaulustigen klatschte begeistert. „Gut getroffen!"
Hellen fühlte sich verlassen und niemand stand ihr bei. Was
wollte sie eigentlich hier? Sie wartete nur auf den Zug. Sie

sehnte sich nach ihrem überlegenen Mann, ihrem geregelten
Tagesablauf. Und jetzt diese Furcht etwas tun zu müssen.
Griff denn niemand ein?! Wo blieb die Polizei?
Einer der Schläger packte das Opfer an seiner altbackenen,
grauen Anzugsjacke. „Solche wie du verstehen nur eine
Sprache!“
Hellen bemerkte die Furcht in dem faltengegerbten,
verwitterten Gesicht des Fremden. Er starrte hilfesuchend
gegen die verschlossenen Mienen der Schaulustigen. Als sein
Blick sie traf, schaute sie weg.
Da knallte eine Faust dumpf gegen seinen Magen,
blitzschnell zurück in sein Gesicht. Sie fällte ihn, wie einen
achtlos umgeworfenen Stumpf. Stöhnend blieb er liegen.
Unvermittelt dröhnte eine schrille Autohupe, eine zweite
lärmte ohrenbetäubend dazwischen. Alle starrten
angestrengt über den Parkplatz.
Die allgemeine Lähmung nutzte Hellen eiskalt. Sie zerrte den
Fremden hoch und verschwand mit ihm zwischen den
Fahrzeugen, bevor jemand merkte, was geschah.
„Kommen Sie! Schnell!“, stieß sie heraus, während er
hartnäckig versuchte, mit ihr Schritt zu halten.
Sie flohen entlang des Gebäudes, über die Grünanlage und
den belebten Bahnsteig. Hellen suchte verzweifelt ein
sicheres Versteck. Sie hörte die Verfolger wütend brüllen.
Die neonbeleuchtete, sauber gefliese Unterführung
erinnerte sie jetzt an eine Schlachtstätte, mit zwei hilflosen
Opfern. Es würde Blut fließen und weiß Gott, noch
Schlimmeres geschehen. Sie mussten schnell weiter.
Eben huschten sie durch die Absperrung am Ende, in eine
schützende Unordnung aus Gleisteilen, Röhren und steilen
Teerbrockenhügeln, da stob schon, wie ein erregter
Hornissenschwarm, wüstes Gegröle in den Durchgang.
„Da!“, Hellen zeigte auf ein üppig überwuchertes, großes
Kanalrohr. Die Röhre bot gerade noch Platz zum Knien.
Sie mussten einen missgestalteten Katzenbuckel formen,
aneinandergeklebt, versteift, schnaubend, ausgelaugt. Sie

hörten gedämpfte Stimmen, verschluckt durch dichtes
Gestrüpp, näherkommen, ganz nahe und dann – sie wagten
kaum zu atmen - sich wieder entfernen.
„Hier sind wir sicher", flüsterte Hellen beruhigend, obgleich
ihr diese enge Zuflucht wie eine Falle erschien, die jeden
Moment zuschnappen konnte. Sie studierte die eingegerbte
Lebenslandschaft seines Gesichtes, die stumpfe, geknickte
Nase, das verkrustete Blut an seiner Stirn. Er glich etwas
ihrem verstorbenen Vater, obgleich sein Gesicht mehr
Jugendliches, Sanftmütiges und trotzdem Unbeirrbares
ausstrahlte. Sie spürte die Wärme seines Körpers, seine
gewichtslose Hand, die er beschützend um sie gelegt hatte.
Ihr Kopf sank an seinen Hals. Sie roch den herben Schweiß,
gemischt mit unbekannten Gerüchen nach Ferne und
dumpfer Wildnis. Sie waren allein, verschollen auf
irgendeiner abgelegenen Insel, in einer versteckten Höhle, in
Sicherheit. Niemand konnte ihre Verbundenheit zerstören.
Sie nippte von diesem kurzen Augenblick, dieser
empfindlichen Nähe, tautropfenweise erst, dann geradezu
gierig, ohne jedoch die Glut zu entfachen, die Bedeutung zu
beschädigen.
Wo mochte er herkommen...? Wohin ging sein Weg...?
„Sie sind uns entwischt..." Ihr stockte der Atem. Die
Stimme, wieder ganz nah, klang gelangweilt, weniger
enttäuscht.
Die Jagd war vorbei. Jetzt merkte sie, wie steif und
verspannt sie war. Ihr linker Fuß drohte einzudösen,
vibrierte im aufklingenden Rhythmus einer
Erdbebenvorwarnung zu einem stampfenden Poltern mit
kreischenden Bremsen. Der Zug!
„Kommen Sie!" Sie zog ihn energisch an der Hand.
Niemand war zu sehen.
Erst in der Unterführung sahen sie zahlreiche Reisende.
Niemand nahm von ihnen Notiz. Auf dem Bahnsteig das
übliche Gewimmel, Gesprächsfetzen, Lachen, Singen.

„Ich muss fahren." Hellen sprach es langsam und deutlich.
Er nickte verstehend. In seinen schwarz-braunen Augen
teilten sich Enttäuschung und Freude. Er nahm ihre Hand,
wie wenn man eine kostbare Vase aufhebt und küsste sie
sacht. Dunkeltönend raspelte er ein „Danke..."
Hellen lächelte. „Ich danke Ihnen auch. Sie haben mich
etwas sehr Wichtiges erfahren lassen." Sie fühlte sich befreit
und sicher.
Langsam ging der Fremde weg.
„Hallo Sie!" Der Schaffner blickte besorgt. „Haben Sie sich
verletzt? Soll ich einen Sanitäter rufen?"
Der Fremde blieb stehen.
Der Beamte verdeutlichte. „Verletzt? Verstehen...? Sie
Ausländer...?
Der Fremde nickte nachdenklich und sagte: „So werden es
einige sehen, wenn man dreiundzwanzig Jahre nicht in der
Heimat war."

Wolfgang Nachbauer

Heimweh

Sie sitzt in dem fast leeren Haus und hält sich die Ohren zu.
Das Geräusch ist unerträglich, quält sie. Doch sie kann sonst
nichts dagegen tun, muss es zulassen und ertragen. Die
Finger tun ihr weh und der Kopf schmerzt vom Drücken.
Vielleicht hätte sie früher einmal den Mut gehabt aufzu-
stehen und zu gehen aber heute hat sie ihn nicht mehr.
Sie friert, obwohl sie eine Decke umgelegt hat. Doch gegen
die Kälte in ihrem Inneren kann sie nichts tun. Endlich hört
der Krach auf. Die Männer, die das Haus renovieren waren
ohne einen Gruß nach Hause gegangen. Langsam entspannt
sie sich. Der Himmel ist wolkenverhangen. Nebel kriecht
unaufhaltsam aus den Feldern. Die Dunkelheit steht hinterm
Waldrand schon in den Startlöchern. Es ist wie jeden Abend
während der Wochen des Winters. Bald würde sie die
Lichter der Straßenlaternen nicht mehr sehen können. Alles
Leben würde vom Nebel und der Dunkelheit ver-schluckt
werden.
Sie versucht sich zu erinnern, ob es in ihrer Kindheit auch so
gewesen ist. Und sie ist sich fast sicher, dass es damals
glänzende Sonnentage gab an denen der Schnee gefunkelt
hatte wie Millionen von Diamanten. Doch die Kindheit ist
verklärt und weit weg und vielleicht war es auch nur die
Sehnsucht nach Geborgenheit, die sie als Kind empfunden
hatte.
Es beginnt zu schneien und sie nimmt sich vor morgen den
Schlitten aus dem Keller zu holen und mit dem kleinen
Jungen der Nachbarin rodeln zu gehen. Der Gedanke daran
wärmt sie ein bisschen. Den höchsten Hang würden sie
gemeinsam erklimmen und dann zusammen hinab sausen,
schreiend, lachend, zu Hause dann mit eiskalten Händen
warmen Tee schlürfen.
Sie wartet. Die Nacht ist hinterm Wald hervor gekrochen
und hat die Welt in ein undurchdringliches Dunkel gehüllt.

Heute ist das Dunkel nicht einfach nur schwarz sondern es scheint eine fühlbare Masse zu sein. Es ist dieser dichte Nebel, der während der Wintermonate jede Nacht begleitet. Aber irgend etwas ist anders. Es gibt keine Geräusche mehr. Sie fühlt sich wie in einem schalldichten Raum, abgeschnitten von allem, was es draußen gibt. Die Augen tränen vom Hinausstarren und für kurze Momente hebt sich das Dunkel, zieht sich zusammen, bildet Formen.
Ihre Finger suchen zitternd nach dem Lichtschalter. Sofort wird die Finsternis im Raum verdrängt. Erleichtert geht sie zum Sofa. „Hör auf, dir irgendwelche Dinge auszudenken", schimpft sie sich aus.
Doch die Ecken des Raumes liegen im Dunkeln und es kommt ihr so vor, als wenn das Licht einen Kampf ausfechten würde mit dem Dunkel und sie war sich nicht sicher wer siegen würde.
Langsam kriecht Panik in ihr hoch. „Was wenn alles andere aufgehört hat zu existieren? Wenn es nur noch dieses Haus gibt und mich und sonst nichts? Was, wenn sich die Dunkelheit nicht mehr vom Tag vertreiben lässt? Sie zittert, hält sich den Mund zu, um nicht zu schreien. Unruhig steht sie auf und geht im Zimmer auf und ab. Mit ihren Fingern berührt sie jeden Gegenstand an dem sie vorbeikommt. Liebevoll nimmt sie die kleinen Figuren vom Schrank und mustert jede einzelne genau. Jedes Teil hat seine eigene Geschichte. Der Zwerg mit der roten Schürze ist aus ihrem ersten gemeinsamen Urlaub. Jeden Tag waren sie in dem kleinen Gebirgsdorf vor dem urigen Laden stehen geblieben und hatten ihn gemeinsam angeschaut. Am letzten Tag dann ist er hinein gegangen und hat ihn gekauft, obwohl für ihre damaligen Verhältnisse die Figur ein Vermögen gekostet hat. Sie liebte ihn dafür um so mehr. Mit diesem Tag hat ihre Sammelleidenschaft angefangen und überall wo sie waren, kauften sie sich ein Stück, das sie mit dem Ort verband. Später dann, als es verboten war, weite Reisen zu unternehmen, brachte er ihr von seinen Geschäftsreisen

Andenken mit. Besonders liebte sie den weißen Elefanten.
Ihr sehnlichster Wunsch, Elefanten einmal in freier
Wildbahn zu sehen, blieb wegen zu wenigen Reisepunkten
unerfüllt. Und so hatte sie alles gelesen was es über dieses
Thema zu lesen gab. Damals hatte sie schon lange ihren Job
verloren und so hatte sie Zeit gehabt. Die Abhandlung über
das Thema lag zwischen den Büchern. Die Verlage hatten
das Manuskript abgelehnt. Mit den Fingern fährt sie zärtlich
seinen Umrissen entlang. Die Schildkröte aus Jade schenkte
er ihr an jenem Tag, an dem das Arbeitsverbot für Frauen in
Kraft trat. Er wollte sie mit dem Geschenk aufheitern aber
sie hatte sich beleidigt gefühlt. Doch das spielte heute keine
Rolle mehr. Geduldig und liebevoll half er ihr die Situation
zu akzeptieren. Für kurze Zeit waren die neuen Gedanken,
die nicht wirklich neu waren, auch ihre Gedanken und sie
ließ sich anstecken von der euphorischen Aufbruchs-
stimmung der Menschen - für ihn.
Da hörte er auf sich Sorgen um sie zu machen und war
glücklich und zufrieden. Die tiefe Liebe, die sie erfüllt hatte,
wie ein Krug vollmundigen roten Weins, leerte sich. Denn
sie konnte nicht verstehen, wieso ihr Schmerz ihn nicht
mehr erreichte, wieso er akzeptieren konnte, was sie unfrei
machte. Nur wenn er von seinen Geschäftsreisen zurück
kam und ihr wieder eine kleine Figur mitbrachte, war eine
Sehnsucht in seinen Augen, die sie sonst nie sah. In diesen
Momenten liebte sie ihn mit jeder Faser ihres Herzens.
Sie öffnet das Fenster und streckt ihre Hand hinaus. Es
schneit noch. Sie lässt zu, dass die Schneeflocken sich auf
der Hand niederlassen. Erst als die Kälte kaum noch zu
ertragen ist, nimmt sie die Hand herein und schließt das
Fenster. Die Schneeflocken in ihrer Hand sterben und mit
dem Dahinschmelzen kommt die Erinnerung an sein Gehen
- an sein Gehen müssen.
Ganz tief in ihrem Innern glaubte sie nicht daran, dass er
gehen wollte. Er war wie sie ein Spielball des Lebens
geworden. Aber trotzdem war es mit ihm anderes gewesen.

Er war bereit, sich mit den Gegebenheiten zu arrangieren während sie kämpfen wollte, einen aussichtslosen Kampf gegen Windmühlen. Es schien als hätte er das Früher vollständig vergessen. Er benahm sich kühl und abweisend. Jede Berührung mit ihr vermied er. Sie schienen ihm Schmerzen zu bereiten. Er, der so voller Zärtlichkeit war, rührte sie nicht mehr an. Seine Traurigkeit und Verstörtheit zeigte er ihr nicht. So war es leichter, leichter für sie beide, hoffte er.

Beim Abschied nahm er sie in die Arme, Tränen tropften in ihren Nacken, sein Bart kitzelte sie am Ohr. Sie hielten sich lange fest, wie Ertrinkende. -„Ich werde dein Bild immer in meinem Herzen tragen", sagte er zu ihr. „Ich hoffe, ich werde ein guter Vater sein."

Als er sich von ihr löste und fort war, blieb etwas von ihm im Haus zurück. Zuerst war, als ob er auf einer Geschäftsreise wäre. Die Illusion platzte als sie ein paar Tage später ein formloses Schreiben erhielt, dass die Scheidung nun rechtskräftig sei. Sie war wie betäubt gewesen, obwohl sie es gewusst hatte. Aber dass es so einfach und schnell gehen würde, damit hatte sie nicht gerechnet. Nur ein amtliches unpersönliches Schreiben mit ihren Namen an den richtigen Stellen. Dieses Schreiben hatte nichts mit ihr zu tun und dennoch würde es ihr gesamtes weiteres Leben bestimmen.

Nun begann das Warten auf das Nichts und es kam die Angst. Sie schloss sich in ihre vier Wände ein, verließ das Haus nur noch, wenn sie musste und hoffte gegen jede Vernunft auf seine Rückkehr. Vor ein paar Wochen dann, kam ein Umschlag mit einem Bild von ihm und seiner neuen Frau. Die Frau war schwanger. Sie stand vor ihm und auf ihrem Gesicht lag ein triumphierendes Lächeln. Er wirkte völlig unbeteiligt. Sie starrte das Foto lange Zeit an. Die Frau war ihr fremd aber sie wusste, dass sie Witwe gewesen war, wie alle Frauen, die mit schuldlos geschiedenen Männer verheiratet wurden. Dann warf sie das Bild weg. Dieser

Mann erinnerte sie in nichts an den Mann, den sie immer noch liebte.

Es überraschte sie nicht, als die Männer kamen um das Haus umzugestalten, es bereit zu machen für eine neue Familie. Sie blieben immer den ganzen Tag, bedachten sie mit mitleidigen Blicken. Die Männer verachteten sie, sprachen kein Wort mit ihr und verdrängten sie Schritt für Schritt aus ihrem eigenen Haus. Jetzt war nur noch das Wohnzimmer unberührt. Doch damit würden sie in den nächsten Tage beginnen.

Sie zieht sich etwas Wärmeres an und kuschelt sich aufs Sofa. Sie will jetzt nicht an morgen denken. Sie will nur ein bisschen schlafen und von ihm träumen.

Es läutet. Erschrocken wacht sie auf. Dämmerlicht ist ins Zimmer gekrochen. Das Deckenlicht brennt immer noch. Benommen richtet die Frau sich auf. Ihr Herz beginnt wie wild zu schlagen. Nun sind sie doch noch gekommen. Eilig zieht sie die warmen Stiefel an. Irgend jemand beginnt gegen die Tür zu poltern. Den weißen Elefanten lässt sie in die Manteltasche gleiten. Dann öffnet sie die Tür. Die zwei dick vermummten Männer sehen sie mürrisch an. Sie hassen es, so früh unterwegs zu sein. Aber sie tun ihre Arbeit immer in den frühen Morgenstunden. Sie nehmen die Frau zwischen sich. Einer der Männer schließt die Tür. Ihre Tasche, die sie schon vor Wochen gepackt hat, bleibt im Haus zurück. Sie darf nichts mitnehmen. Ein paar Nachbarn sind vor die Tür getreten und glotzten zu ihr hinüber. Beifälliges Gemurmel begleitet sie zum wartenden Lieferwagen. Einer der Männer öffnet die Tür und hilft ihr hinein. Im Innern sitzen schon fünf weitere Frauen. Sie sehen den Neuankömmling neugierig an. Eine rückt etwas zur Seite. Sie setzt sich und der Wagen fährt ohne Vorwarnung los. Niemand sagt ein Wort und so schweigt auch sie, nimmt Abschied von ihrem alten Leben, das kein Leben mehr war.

Sie hat keine Angst mehr. Die furchtbaren Gerüchte, die sie über das Lager gehört hat, verdrängt sie gewaltsam aus ihren

Gedanken. Sie denkt daran, dass sie wieder gebraucht wird.
Sie weiß, dass die Arbeit schwer sein wird und gefährlich
und ahnt, dass sie bald sterben muss, aber bis dahin würde
sie und die anderen Frauen für die Kinder, die sie nie gehabt
hatten, die Sünden ihrer Eltern entsorgen.

Monika Krüger

Angst-kalte Zeit

Sie liegt in einem duftenden Bad aus Schaum, ein Glas Sekt
in der Hand und schiebt sich genussvoll eine weitere
sündhaft teure Praline zwischen die Lippen. Ein Weilchen
lässt sie die Schokolade auf ihrer Zunge liegen bis der
bittersüße Geschmack ihren ganzen Mund erfüllt, die süße
Hülle geschmolzen ist und ihre Sinne das Innere fühlen.
Stöhnend beißt sie die Frucht auseinander, zerkaut sie
langsam, um den Moment noch lange auszukosten. Dann
lässt sie warmes Wasser nachlaufen. Seit Wochen war sie
nicht mehr so entspannt, hat sie sich so sinnlich gefühlt.
Heute ist sie nur sie selbst. Sebastian würde erst morgen
nach Hause kommen und so niemals erfahren, dass sie
wieder etwas Verwerfliches getan hatte. Zufrieden kichert sie
vor Vergnügen wie ein kleines Mädchen, das mit Mamas
Kleidern „groß sein spielt" und schenkt sich ein weiteres
Glas Sekt ein. Welch ein Luxus. Noch mindestens eine
Stunde würde sie sich im warmen Wasser aalen.
Das Läuten des Telefons reißt sie aus ihren Träumen. Vor
Schreck lässt sie fast das Glas fallen.
„Wenn das nun Sebastian ist und ich ihn vom Flughafen
abholen muss? Ich schaffe es nicht mehr die Spuren zu
beseitigen." Panikartig beginnt sie aufzuräumen. Das
Telefon hört nicht auf zu läuten. Erschöpft nimmt Paula ab.
„Paula, na endlich. Ich dachte schon du bist nicht da."
„Ach du bist es Sandra."
„Paula, kannst du sofort kommen?"
„Sandra ich bin doch schon ausgezogen. Morgen könnte
ich...."
„Bitte, Paula, komm sofort!" Es knackt in der Leitung.
Sandra hat aufgelegt.
Paula zieht sich hastig an. Mit ihrer Freundin war irgend
etwas nicht in Ordnung. Ihre Stimme hatte so ganz anders
geklungen wie sonst. Beunruhigt zieht sie den Mantel über.

Es regnet. Den Wunsch das Auto zu nehmen verwirft sie aber sofort. Auf keinen Fall will sie an der nächsten Kreuzung angehalten werden und unangenehme Fragen über das Ziel und den Zweck der Reise beantworten. Missmutig zieht sich Paula die Kapuze ins Gesicht. Aber der orkanartige Wind peitscht ihr trotzdem den Regen ins Gesicht.

„Es ist gesund zu Fuß zu gehen", murmelt sie wie eine Beschwörung leise vor sich hin, bis sie vor Sandras Zuhause, einem schäbigen Mietshaus steht. Der vertraute Summton öffnet ihr die Tür bevor sie die Klingel drücken kann. Die Steinstufen sind abgetreten und glatt. Heute nimmt sie den Dreck und die undefinierbaren Gerüche, die sich im Hauseingang verfangen haben, kaum war. Die Tür zu Sandras Wohnung im obersten Stockwerk ist nur angelehnt. Ohne zu zögern tritt Paula ein, schließt die Tür hinter sich. Sandra sitzt zusammen gesunken auf dem Sofa im Wohnzimmer. Im ganzen Zimmer liegen Sandras Kleider verstreut. Ein halb gefüllter Koffer hängt zwischen zwei Sesseln. Verunsichert blickt Paula sich um. Es ist nicht Sandras Art die Wohnung in ein Chaos zu verwandeln. Verwirrt setzt sich Paula neben die Freundin und streichelt ihre Hand.

„Was ist passiert, Sandra?"
Schweigen.
Sie starrt weiterhin auf die Wand, so als ob Paula nie ins Zimmer getreten wäre. Angstvoll schließt Paula die Augen um ihr wild schlagendes Herz zu beruhigen. Die Meditationskurse, die sie zusammen besucht hatten, fallen ihr ein. Es funktioniert. Erstaunt öffnet sie die Augen, legt einen Arm um Sandras Schulter und wiederholt leise die Frage. Schließlich nach endlosen Sekunden dreht die Frau den Kopf und sieht die Freundin traurig an.
„Ach Paula", Sandra fängt hemmungslos an zu weinen. „Sie wollen mir Tim wegnehmen."

Erschrocken springt Paula auf. „Was redest du da?“ Fassungslos starrt sie Sandra an, doch diese kruschtelt aus einem Stapel Blätter einen Brief hervor und gibt ihn der Freundin. Er war vom Amt „Schutz für Kinder und Familien“. In ihm wurde festgestellt, dass Sandra nicht in der Lage sei für das körperliche und geistige Wohl ihres Kindes zu sorgen und ihr ab sofort die Erziehungsberechtigung entzogen werden müsse. Darunter waren mehrere Beispiele für ihr Fehlverhalten aufgelistet.

Paula liest den Brief einmal, zweimal, dreimal, dann wirft sie ihn wütend auf den Tisch.

„Das muss ein Irrtum sein. Du musst Einspruch erheben.“

„Es ist kein Irrtum, Paula“, Sandras Stimme ist nun ganz ruhig. „Ich habe Einspruch eingelegt aber an der Entscheidung lässt sich nichts mehr ändern.“

„Aber warum?“, Paula sieht ihre Freundin ratlos an. „Warum?“

Sandra zuckt mit den Schultern. „Ich war unvorsichtig und Tim hat trotz meiner Verbote Süßigkeiten mit in die Schule genommen und somit die öffentliche Moral geschwächt.“ Sandra lacht bitter auf.

„Süßigkeiten sind ungesund“, antwortet Paula automatisch.

„Ach, ja. Sind wir dafür damals auf die Straße gegangen, Paula? Wir wollten doch nicht, dass es so weit kommt. Das wollten wir doch nicht oder?“

Paula schüttelt den Kopf. Hilflos nimmt sie Sandra in die Arme. Ihre Wut ist verrauscht. Nein, das hatten sie nicht gewollt. Aber es hatte so harmlos angefangen. Auch sie waren bei den Demonstrationen gegen das Rauchen dabeigewesen, froh darüber, etwas Sinnvolles zu tun.

„Wir waren der Überzeugung das Richtige zu tun, Sandra. Kannst du dich noch an die heißen Diskussionen erinnern, die wir mit unseren Freunden geführt haben und an den Jubel als die ersten Antirauchergesetze erlassen wurden? Wir waren berauscht vom Erfolg und glaubten die Welt verändern zu können."

„Wir haben sie verändert", unwirsch löst sie sich aus Paulas Umarmung. „Die ökologische Gesundheitspartei ist an der Macht und schmeichelt den Dummen, den Neidern, den Intoleranten und denen die glauben, dass es nur ihre Wahrheit gibt. Alles ist jetzt wieder so klar. Selbstzufrieden halten meine Nachbarn oder deine Nachbarn Ausschau nach Subjekten, die die Ordnung wieder stören könnten. Wir zahlen nun für unsere eigene Intoleranz, wir und die Dicken, die viel höhere Krankenkassenbeiträge bezahlen müssen und von jedem ungestraft verspottet werden dürfen und die Unsportlichen, die aus Angst vor Diskriminierung in einen Sportverein gezwungen werden und, und, und.... Ich frage dich, wer wird der nächste auf der Liste sein? – die Schwarzhaarigen, weil...irgendein Grund wird denen schon einfallen!", hysterisch schreit Sandra die letzten Worte Paula ins Gesicht.

„Sag mir einen Bereich, nur einen einzigen, der von ihrer Kontrolle nicht durchdrungen ist."

Paula fröstelt. Sie weiß, dass ihre Freundin recht hat. War sie nicht erst letzte Woche von ihrem Nachbarn angepöbelt worden, weil sie unvorsichtigerweise im Park einen Schokoriegel gegessen hatte? Ein schlechtes Beispiel für die Kinder. Sie hat Angst. Viele haben Angst. Doch alles war plötzlich so einfach gewesen.

Paula beginnt unruhig im Zimmer auf und ab zu gehen. Fieberhaft sucht sie nach einer Lösung. Sicher, Tim war ungehorsam gewesen und hatte mehrfach Schokolade in die Schule genommen und Sandra fuhr öfter mit dem Auto als gewünscht, kaufte häufiger die teuren Süßigkeiten und seit Joachim zu dieser anderen Frau gezogen war, rauchte sie immer öfters eine Zigarette. Waren, die es nur in ganz speziell kontrollierten Läden zu kaufen gibt. Eine zeitlang war diskutiert worden Süßigkeiten, Zigaretten usw. ganz zu

verbieten, doch aus Angst vor einem unkontrollierbaren und
kriminellen Schwarzmarkt wurde die Lösung mit den
„Schlechten Läden" gefunden. Alle diese Läden befinden
sich außerhalb der Stadt und sind in ihrem Inneren in tristen
Farben gehalten. Die Waren liegen in Kartons auf einfachen
Holzregalen. Aber es gibt nur wenige dieser Läden, denn die
Besitzer sind mit hohen Steuern belastet und werden
verachtet. Natürlich ist es den Kindern strengstens verboten,
diese Läden zu betreten und Zuwiderhandlungen werden
streng bestraft. Aber sie dafür unfähig zu erklären für ihren
Sohn sorgen zu können, das musste einfach ein Scherz sein.
Aber es war bitterer Ernst.
„Und was wird nun mit Tim?"
Paula setzt sich wieder neben die Freundin aufs Sofa.
„Ich war bei einem Anwalt. Ich darf die Pflegefamilie selbst
aussuchen. Ein kleiner Sieg", sie lächelt, „und ich habe die
ideale Familie vorgeschlagen", Sandra holt tief Luft, „dich
und Sebastian."
„Das geht nicht", Paulas Stimme klingt nun leicht
ungehalten. „Sebastian mag keine Kinder."
„Na und?", Sandra hört sich nun fast heiter an. „Es gibt kein
Zurück mehr. Er kann diese Ehre, diese Pflicht ein
geschädigtes Kind auf den rechten Weg zu führen nicht
ablehnen, nicht als ordentlicher Staatsbürger. Er wurde
überprüft und für würdig befunden." Sie fängt an zu
kichern.
„Und was ist mit dir?", Paula packt Sandra erschreckt an den
Schultern und schüttelt sie. „Was wird aus dir?"
Sandra befreit sich aus Paulas Umklammerung und zündet
sich zitternd eine Zigarette an. „Die letzte", spottet sie. „Ich
muss in ein Läuterungslager. Aber wenn ich mich gut führe,
bekomme ich Tim zurück. Vielleicht?"
Sie hören Schritte und kurz darauf betritt Tim schüchtern
das Zimmer. Sandra springt auf und umarmt ihn zärtlich.
Ein paar geflüsterte Worte dann nimmt sie seine Hand und

legt sie in Paulas. „Ihr müsst nun gehen.“ Sanft schiebt sie
die beiden nach draußen. Die Tür fällt ins Schloss und die
beiden sind allein. Tim weint leise vor sich hin. Sandra
nimmt ihn auf den Arm. Zu Hause würde sie zuerst das Bad
in Ordnung bringen.

Monika Krüger

Die Bibel

Alle Kinder waren versammelt, der Religionslehrer konnte mit seiner Geschichte beginnen. Er wollte aus der „Neuen Kinderbibel" vorlesen; dieses Buch war interessanter als die bisherigen Bibeln und für Kinder leicht zu verstehen. Gelegentlich hatte er auch aus der „Alten Kinderbibel" gelesen, doch die Kinder schienen die Geschichten aus der neuen lieber zu haben.

„Es war einmal ein Mann", begann der Lehrer und sah, wie eine Kinderhand hochging.

„Was ist los, Stella?"

„Ist das eine wahre Geschichte?", fragte das Kind.

„Ja", sagte der Lehrer, „alle Geschichten aus der Neuen Kinderbibel sind wahr. Wir wissen das nach Tatsachen."

Er fuhr fort. „Der Name des Mannes war Noah. Er war ein guter Mann. Gott liebte Noah, aber leider fühlte er: Noah war der einzige gute Mann. Gott fühlte, dass ihm nur eines übrig bliebe, was er tun könnte. Er bestellte Noah eines Tages zu sich."

„Hat er mit ihm telefoniert?", fragte ein Kind.

Der Lehrer überhörte das.

„Gott prophezeite Noah, dass eine große Zerstörung stattfinden würde, bei der jeder sterben müsse. Jedoch sagte Gott zu Noah auch, dass es die Möglichkeit gäbe zu überleben. Er würde mit seiner Familie überleben und ebenso zwei Tiere jeder Art, männlich und weiblich. Gott wollte nämlich, dass jede Art, Mensch oder Tier, ein Leben in einer ganz neuen Welt beginnen sollte.

Noah tat, wie Gott ihm befohlen hatte und baute sich, nun, was denkt ihr, was er sich baute?"

„Ein großes Schiff?", fragte ein Junge.

„Nein, Raimond, das ist doch die Geschichte aus der ‚Alten Kinderbibel'. Das war ein anderer Noah. Unser Noah sah die Erde unter sich. Er hatte sich eine Rakete gebaut und sah eine Explosion und eine pilzähnliche Wolke. Die große

Zerstörung hatte begonnen. Noah musste einen neuen Platz
zum Leben finden."
Der Lehrer schloss das Buch.
„Und deshalb leben wir hier und nicht auf der Erde,
stimmt's?", fragte Stella.
„Stimmt."

Heidi Danner

Gut-katholisch

Sigrun war sehr hilfreich und hat mich mit dem
Notwendigsten versorgt. Sie ist Apothekerin und hat somit
leicht Zugang zu den entsprechenden Rohstoffen. „Um das
weitere Zubehör musst du dich selbst kümmern. In der
Nähe der Kirche St. Peter, unweit des Viktualienmarktes,
findest du einen kleinen Laden, der katholisches Allerlei
verkauft."
Sie lachte mich an, drückte mir zwei Tütchen in die Hand
und ließ mich und die erstaunten Zuhörer stehen. Alle waren
nun neugierig geworden und hingen mit ihren stieren
Blicken auf meiner Hand, in der Sigruns Geschenke
verborgen lagen.
Sie hatte also Wort gehalten und mir einen lang ersehnten
Wunsch erfüllt und mich damit in meine Kindheit
zurückversetzt, genauer noch, in meine Kindergartenzeit.
Katholisch war er, der Kindergarten und die Ordens-
schwestern natürlich auch, aber die Kinder waren multi-
konfessionell, denn es gab in unserer Gemeinde nur einen
sicheren Ort für die lieben Kleinen. Mit vier Jahren war
mein dolce vita beendet, das ich ausgiebig auf dem
Bauernhof meiner Großeltern genoss. Hier lebte ich mit
meinen Eltern und Stall, Scheune, Garten und Wiese
forderten mich auf sie zu erleben, was ich natürlich auch
bereitwillig tat.
Doch dann dieser Schicksalsschlag: Jeden Werktag von 9 bis
12 und von 2 bis 4 war Kindergartenpflicht.
Pfui Deibel, Freiheitsberaubung, autoritäre Erziehung,
Drill!!
Ich lernte, das heißt, ich musste es lernen, im Gänsemarsch
zu gehen, paarweise und Händchen haltend über den Hof,
durch den Pfarrgarten in die Kirche.
Lange Zeit konnte ich mich nicht mit dieser Art von aktiver
Freizeitgestaltung anfreunden und erwartete weinend meine
Mutter an den Gittern der Eingangstür. Ab wann ich mich

an dieses Leben gewöhnte weiß ich nicht mehr, aber ich
erinnere mich noch gut daran, dass ich ganz wild darauf war,
in die nahe Kirche zu den dort stattfindenden Gottes-
diensten zu gehen.

Als geschlossene Formation rückte die Kindergartentruppe
an, ein geistliches Liedchen auf den Lippen und die Hände
ehrfürchtig gefaltet.

Das diffuse Licht und die brennenden Kerzen lösten bei mir
ein Glücksgefühl aus, das noch verstärkt und zu einem
Höhepunkt getrieben wurde, als die Messdiener
Weihrauchkessel schwenkend durch die Kirche schritten.
Ich sog den Harzgeruch in mich auf, immer und immer
wieder – ich glaube, ich wurde süchtig.

Obwohl evangelisch, machte ich in diesem katholischen
Kindergarten Karriere: Bei der Fronleichnamsprozession
durfte ich mitmarschieren und eine Kinderfahne mit der
heiligen Maria und ihrem Erstgeborenen darauf, aufrecht
durch unser Dorf tragen. Manch katholischer Nachwuchs
stand an der Straße und blickte mich neidisch an. Stolz wie
ein Spanier war ich damals, meine Brust war bestimmt
geschwollen und die kleinen Nüstern gebläht - befand ich
mich doch zwei Stunden in einer Weihrauchwolke – Herz,
was begehrst du mehr! Heute würde ich mich mit einer
milden Gabe bei dem schwarzen Mohrenkind bedanken,
welches für die Heidenkinder in Afrika sammelte und artig
nickte, wenn man ein Geldstück in die geöffneten Hände
legte.

Mit Beginn der Schule war auch das Ende der
Drogenabhängigkeit gekommen. Später nahm ich bei
gelegentlichen Besuchen von katholischen Gotteshäusern
gierig den mir liebgewonnen Duft auf.

Ein roter, herzförmiger Zettel lag auf meinem Küchentisch.
Es war Donnerstagabend, meine Putzfrau hatte mir etwas
aufgeschrieben. Wir sehen uns und telefonieren sehr selten,
so sind diese Briefchen der einzige Kommunikationsweg.

Ich las: Haben Sie eine neue Freundin? Vielleicht eine
Nonne?
            Warte neugierig auf Antwort
                Monika
Sigrun hatte wohl recht gehabt.
„Nimm sehr, sehr wenig von dem Weihrauch und der
Myrrhe, sonst stinkt die Wohnung noch tagelang."

Aber vielleicht ist die Idee nicht einmal so abwegig: Ich
sollte einmal eine Nonne einladen. Sie würde sich sicher
heimisch fühlen, bei Bruder Wolfgang.
Welch ein fantastischer Gedanke.

Wolfgang Weigelt

That`s life

„Wolferl", sagte er, "Wolferl", noch einmal mit Nachdruck
und stark bayerischem, oberbayerischem Akzent.
„Wolferl, Sie müssen was tun."
Die Tat, von der er nebulös sprach, sollte ein Fest sein, ein
Event im Neudeutschen. Neudeutsch ist wohl jetzt auch die
Sprache der Therapeuten, denn ich sollte mich einbringen,
ja, einbringen, sagte er. „Ins Ganze, ins System", sagte er.
„Denken Sie global, agieren Sie ganzheitlich", bekräftigte er
seine Aussagen, excuse me, seine Statements.
„Einen Anlass haben Sie ja, einen besseren kann es kaum
geben. Bekennen Sie sich zur Mitte, zur Mitte ihres Lebens.
Definieren Sie sich neu und das mit dem ganzen Ich - dem
inneren Ich.
Mit diesen Worten schaute er mich etwas mitleidig an, so, als
wolle er sagen: „Mit dem äußeren Ich ist ja sowieso kein
Blumentopf zu gewinnen.
Und weiter ging es von seiner Seite, während ich tiefer
hinein sank in den Nubuk-Ledersessel aus den fünfziger
Jahren. Wie ein Trommelfeuer kamen seine Worte: Zeichen
setzen, Kompetenz zeigen, denn – und jetzt kam er zum
Kern – denn „Sie weisen starke Defizite in vielen
praktischen Bereichen auf:
Top eins: kein Haus gebaut, kein Bausparvertrag, kein
Schuldenberg;
Top zwei: keine Verlobung, vielleicht einmal ansatzweise;
Top drei: keine Heirat, die Bindungsängste,
Bindungsunwilligkeit, Bindungsunfähigkeit dokumentiert,
will eher
      sagen: manifestiert;
Top vier: keine Midlife-Crisis, da nicht Top drei;
Top fünf: keine Scheidung, Sie haben die seelischen und
finanziellen Trümmerhaufen nicht erlebt, auch nicht
      die Kondulenzbesuche von guten Freunden zu
diesem Anlass, den Beistand von erfahrenen Experten;

Top sechs: keine Kinder
        sozialpolitischer Blindgänger, der den Bestand der
Nation durch sein passives, sein schon permanentes
Verweigern in Frage stellt."

Ich fühlte wie ich immer kleiner wurde, in der Falte des
Sessels verschwand, und nur aus der Ferne, stark gedämpft,
drangen Worte, Sätze an mein Ohr.
Und bevor ich denken konnte wie es jetzt weitergehen
könnte, hörte ich das Pfeifen, das Pfeifen der Lokomotive.
Ruckartig öffnete ich die Augen, blickte aus dem Fenster
und sah, dass der Zug schon zum Stillstand gekommen war.
Sie, die mir gegenüber saß, blickte mich mit ihren großen
schwarzen Augen fragend an während sie lächelte.

„Geht's mir aber gut", sagte ich voller Freude, gab ihr einen
Kuss und verließ das Abteil.

Wolfgang Weigelt

Das Russenviertel

Ana hat eine slawische Seele, die jedem versoffenen
Staplerfahrer die Prügel verzeiht, die sie von ihm bekommt.
Er hat sie verdroschen. Heute war die Verhandlung. Juri
Weis ist mit beiden Fäusten über sie hergefallen. Zuerst aber
hat er den Freier aus dem Passat heraus gezerrt und ihm den
Kiefer gebrochen. Das Messer konnte ich ihm gerade noch
aus der Hand schlagen, sonst wäre er nicht so gut
weggekommen. Trotzdem, zweieinhalb Jahre haben sie ihn
wegen schwerer Körperverletzung in den Bau geschickt, weil
er das letzte Mal schon ein Jahr auf Bewährung wegstecken
musste. Und das zählte heute mit.
„Danke, Micchail, dass du mir helfen wolltest", sagt Ana
nach der Verhandlung und hakt sich bei mir unter. Ich
klemme ihren Arm etwas fester ein, aber das ist nicht
notwendig. Sie geht einfach mit ins La Strada, wohin ich sie
lenke.

Ich war damals gerade um die Ecke gebogen, als ich Weis
vor mir stehen sah, mit dem Messer in der Hand, wie er auf
Ana und den Freier losgehen wollte. Ich hab ihn irgendwie
noch mit dem Fuß am Handgelenk erwischt, weiß selber
nicht wie, aber es hat gereicht, dass er das Messer fallen ließ.
Die Prügelei konnte ich allerdings nicht verhindern, denn
eigentlich bin ich kein Held und kein Turner, Weis aber
schon. Er stand mal im Nationalkader der Russen. Juri war
Weltklasse an den Ringen, einer der Besten. Jetzt säuft er.

Ich hatte noch nie mit ihm zu tun. Mit Ana auch nicht. Sie
war mir nur aufgefallen, wegen ihrer Augen. Sie sind tiefer
als das kaspische Meer.

Eigentlich kümmere ich mich um die Halbwüchsigen hier im
Russenviertel, die 13 – 18jährigen, und zwar seit damals, als
sie mit einer ganzen Meute das La Strada auseinander

genommen haben, nur weil Ismail Kaya die zwei Deutschen nicht herausgab, die sie sich vorknöpfen wollten. Seither bin ich als Streetworker eingesetzt um hier für etwas mehr Ruhe zu sorgen. Als ich Ismail erklärte, was ich mir aufgehalst habe, sagte er: „Du hast keine Chanze. Die haben keine Kultur." Dabei schnippste er den Dreck unter seinem sauberen Fingernagel weg und zog die Mundwinkel nach unten. „Das war ein Fehler, dass ihr die Russen überhaupt hier herein gelassen habt. Das ist ein ganz übles Pack. Paahhhh!!" Seine Züge trieften vor Verachtung. Ismail Kaya ist orthodoxer Christ. Er besitzt den Stolz und die Würde eines alten Patriarchen. Kaya kommt aus Izmir, dem alten Smyrna, und er kann die Moslems so wenig leiden wie die Russen. Ein paar junge Türken haben ihn mal krankenhausreif geschlagen, weil er sie aus dem Lokal geschmissen hat. Sie kamen später mit ein paar Freunden zurück und zogen ihm mit Baseballschlägern eins über. Ismail lag danach ein, zwei Tage im Koma. „Weißt du Michael", hat er mir danach erklärt, „weißt du, wenn ein Türke an einem Schnapsglas riecht, dann fängt er eine Schlägerei an. Die Deutschen sind auch nach fünf Rakis noch friedlich. Drum lass ich nur Deutsche ins Lokal." Da steht er dann immer mit Krawatte und Jackett, groß und schlank und elegant, die vereinzelten grauen Haare sorgfältig geschwärzt, den Oberlippenbart exakt gestutzt und empfängt jeden Gast wie einen Freund. Dann bringt er den Raki und erkundigt sich nach den Wünschen. Und du wirst gebadet in orientalischer Gastfreundschaft. Das hat ihn jetzt ruiniert, weil er seine Gäste selbst dann noch schützt, wenn ihnen ein paar Russen ans Leder wollen. „Ihr haut ab hier", hat er sich eingemischt, „die beiden sind meine Gäste und sie genießen den Schutz meines Hauses." Das hätte er besser nicht getan. Kein deutscher Gastwirt hätte sich so vor seine Kundschaft gestellt. Besonders wenn sie einen halben Tag lang vor einer einzigen Cola sitzen bleibt. Vierzehn Tage später kamen sie dann. Es waren zwanzig, dreißig Russen.

Sie hatten Steine, Stöcke, Schlagringe und Baseballschläger. Sie schwangen lange Socken, in denen massive Bocciakugeln steckten. Kaya konnte gerade noch die Doppeltür zum Gastraum dichtmachen und eine große Latte querlegen. Oben nahm die Meute dafür dann die Gästezimmer auseinander. Ein paar Hotelgäste flohen Hals über Kopf durch die Fenster. Ismail wählte die 110 und forderte die Polizei an, doch die kam nicht. Erst als ein Gast mit dem Handy einen Notruf absetzte, sagte, es habe mehrere Verletzte gegeben, einige davon schwer, fuhren Polizei und Krankenwagen vor. Aber da war es schon zu spät. Es gab keine ganze Scheibe mehr im La Strada. Und in den Gästezimmern waren die Möbel zertrümmert. Seither kommen keine Gäste mehr zu ihm. Die Angst geht um. „Nur zwei alte Männer haben geholfen, sonst hat sich keiner gerührt“, erzählt mir Ismail später, „dabei war das ganze Lokal voll. Sowas gib's nicht bei uns. Da wären alle aufgesprungen und hätten sich gewehrt.“ Ismail versteht nicht, dass wir uns unsere Aggressivität weg gezüchtet haben und nun wehrlos solchen brutalen Überfällen gegenüber stehen.

„Glaub mir, ich schwörs dir, was du machst ist falsch“, sagt er nun zu mir. „Du willst mit ihnen reden, aber die verstehen das nicht. Die verstehen nur, wenn du ihnen in die Eier haust.“ Dabei hat er seinen eigenen drei Söhnen verboten ihn zu rächen, als er von den Türken zusammengeschlagen worden war, und jetzt wieder, als die Russen kamen. „Ich mache das Lokal dicht“, sagt er und setzt sich zu Ana und mir an einen der leeren Tische. Dann steht er nochmals auf um den Raki zu holen. Ana schaut mich an. „Du bist ein gutter Mensch Micchail“, sagt sie und legt ihre Hand mit den roten Fingernägeln auf die meine. Ich will schon bescheiden abwinken, lass es aber. Vielleicht hat sie recht. Immerhin hab ich noch nie meine Frau verprügelt. Ana nimmt die Hand wieder weg und ich überlege, ob es stimmt, dass ich ein

guter Mensch sei. Ich hab da so meine Probleme mit dem
Begriff. Gut, ich hasse Gewalt, das schon. Manche hassen
allerdings Gewalt so sehr, dass sie militant werden. Aber
dazu reicht`s bei mir nicht. Friedfertig, das passt schon eher.
Der große Bruder, der die Mädels nach Hause bringt und
mit einem Gutenachtkuss auf der Stirn wieder weggeschickt
wird.

Ana sieht mich an mit ihren tiefen Augen. „Er hat nicht
gewusst, dass das ein Freier war", sagt sie.
„Hätte das was geändert?", frage ich.
„Er hätte ihn in Ruhe gelassen und mich umgebracht."
„Warum tust du das?"
„Was?"
„Na anschaffen."
„Ach weißt du, hier ist es nicht einfach für uns."
Das weiß ich inzwischen, denn ich hab mich umgehört und
ich kämpfe gegen mein Bedürfnis an, ihr gleich helfen zu
wollen.
„Hast du noch irgendjemanden?"
„Meine Schwester wohnt noch bei uns", sagt sie.
„Aleksander, ihr Mann, ist vor sieben Monaten mit dem
LKW über den Ural. Er hat sich das letzte Mal aus Tula
gemeldet. Seither ist er verschwunden. Wir wissen nichts
von ihm." Jetzt sehe ich erste Spuren von Bitterkeit und
Besorgnis in ihrem Gesicht. „Juri wollte sie nicht bei uns
aufnehmen. Wir haben kaum Platz zu zweit und das Geld ist
knapp. Du solltest sie mal kennenlernen."
Oh Gott, noch eine Ana, denke ich.
„Liljana hat Literatur studiert. Das nützt hier nicht viel." Na
ja, da hat sie wohl Recht.
„Was hast du gelernt?", will ich wissen.
„Ich bin Krankenschwester, aber die Ausbildung wird hier
nicht anerkannt." Sie sagt das so leicht hin, als ob es ihr
nicht viel ausmachen würde, aber ich seh ihr an, dass es
bitter für sie ist.

„Bist du eigentlich verheiratet?"
Ich nicke, „ja, seit fünf Jahren."
„Kinder?"
„Nein, meine Frau will keine. Weiß Liljana, dass du
anschaffen gehst?"
„Um Himmels willen nein!", sagt Ana, „sonst zieht sie gleich
wieder aus. Sie denkt, ich würde als Bedienung arbeiten. Ich
mach das nur ab und zu mit ein paar festen Kunden, wenn
Juri mir kein Geld gibt." Ana blickt auf die Uhr. „Ich muss
jetzt gehen." „Lass nur, ich erledige das." Ich lege meine
Hand auf ihren Arm, als sie anfängt in der Handtasche nach
dem Geldbeutel zu suchen. Sie wirft mir nochmals einen
warmen Blick zu. „Besuch uns mal. Wir wohnen in der
Siedlung, du weißt schon, in einem der Blocks." Und dann
ist sie weg. Ich bleib sitzen und mach mir Sorgen. „Mach dir
keine Gedanken", sagt Ismail und setzt sich zu mir.

Daheim will Eva wissen, wie's bei der Verhandlung gelaufen
ist. „Der Richter hat mich als Zeugen vernommen", sag ich,
„und dann hat mir der Anwalt von dem Typen, der
zusammengeschlagen wurde, noch ein paar Fragen gestellt.
Ging, glaube ich, um die Nebenklage. Die wollen ein hohes
Schmerzensgeld rausholen, aber der Weis hat kein Geld, der
ist ne arme Sau."

Am nächsten Tag klappere ich die einzelnen Behörden ab.
Einwohnermeldeamt, Sozialamt, Ausländerbehörde,
Arbeitsamt, AOK, Polizei. Ich will wissen, wer hier im
Russenviertel alles wohnt, wo die einzelnen herkommen, was
sie machen. Ich brauche irgendein Raster, um da
durchzufinden. Die Alten sind nicht das Problem, aber die
Jungen. Da wächst eine Generation heran, die weiß, was der
Markt bietet. Nur leisten können sie sich nichts, weil sie
keinen Job kriegen. Die rotten sich dann zusammen und
mischen alles auf, was sich ihnen in den Weg stellt. Ich weiß
auch noch nicht, wie ich da rankomme. Manchmal erwische

ich den einen oder anderen allein. Den jungen Rog hab ich
mal ertappt, als er ein Mofa klauen wollte. War aber Zufall,
weil er sich blöde angestellt hat. Als ich ihn dann zu Hause
besuchen will, ist er nicht da, nur seine Mutter. Sie lässt mich
reinkommen, weil sie sich auch Sorgen um ihn macht. Sie
fängt aber gleich an zu heulen und schimpft auf Stjepans
Vater, weil er nichts taugt und das Geld für fremde Weiber
rausschmeißt. „Hat Ihr Mann wenigstens eine geregelte
Arbeit?", will ich wissen. „Ja, das schon, er schafft als
Lagerist in einem großen Depot. Manchmal sehe ich ihn
tage- und nächtelang nicht und wir wissen nicht, wo er sich
rumtreibt."
„Und was ist mit Ihnen?"
„Ich habe ein paar Putzstellen, da gehe ich immer
stundenweise hin", erklärt sie und schneuzt sich die Nase.
Raisa Rogs Nase ist dünn und spitz und überhaupt hat
Stjepans Mutter kaum Fleisch auf den Knochen. Sie war mit
der ganzen Familie aus Minsk herüber gekommen. Stjepan
ist der einzige Sohn und so roh wie sein Vater. Da komme
ich allerdings erst später dahinter, als ich beginne, mich auch
um die Mädchen zu kümmern. Sie stehen oft in Gruppen
beieinander, vor dem Zeitungskiosk und in den
Hauseingängen und schauen gelangweilt umher. Manche
ziehen aber auch mit den Cliquen herum. Die Cliquen haben
ihre festen Quartiere. Eine haust in einem alten Bauwagen,
den sie ins freie Gelände hinter ein paar Hecken geschoben
haben. Die andere Clique trifft sich in einer der Datschen,
die entlang des Bahndamms entstanden sind. Da hatte die
Bundesbahn ein paar freie Parzellen verkauft. Dorthin
werden auch die Mädchen abgeschleppt. Dann kreisen die
Flaschen und irgendwann fallen die Jungs über die Mädels
her und wer zur Clique gehören will, macht mit. Es gibt
natürlich auch Aussteiger, meistens Mädchen, und an die will
ich rankommen. Ich hoffe, dass Ana mir hilft. Also schau
ich bei ihr vorbei. Ich klingle und sie macht auf, blickt mich
überrascht an, mit ihren tiefen Augen und lässt mich rein.

Ich erzähl ihr ein paar Dinge die ich weiß und ein paar
andere Dinge, die mich beschäftigen. Dass ich mir Sorgen
mache, die Gewalt könne wieder eskalieren, und dass ich
eigentlich allen helfen möchte. All den jungen Menschen
und auch ihr, Ana, und dass ich oft nicht weiß wie ich das
anstellen könne. Sie hört mir zu und unterbricht mich nicht.
Sie macht keine Vorschläge und erhebt keine Einwände.
Dann rückt sie näher und beginnt die Knöpfe meines
Hemdes zu öffnen. Ich will abwehren, sage, dass wir das
nicht tun können, doch sie entgegnet einfach: „Du bist ein
gutter Mensch, Micchail, aber du hast einen großen Fehler:
Du überlegst zuviel. Was ist denn morgen schon? Komm
her." Das kann nur jemand sagen, wenn er nichts zu
verlieren hat, denk ich. Und du, was hast du zu verlieren? Ne
ganze Menge, aber scheiß drauf.
„Komm her", sagt Ana. Sie spielt mir ihre Brüste in die
Hände und ich greife danach. Sie sind voll und straff und ich
merke, wie sich die Spitzen zusammenziehen und aufrichten.

Wolfgang Baumbast

Das Lebensrettende

Mich einfinden in Langersehntes, in die Obhut über das
Lebensrettende, das zu behüten meine Pflicht, während er
draußen durch die Wildnis tappt mit Fußspuren, die auch
nicht mehr das sind, was er früher einmal war. Mich endlich
ins Fell kuscheln, davor liegen, entzückt hinein starren ins
Züngeln, Knistern und Knacken, auf dem doch noch
Erlegten, dessen ehemaliger Besitzer jetzt nackt und frierend
umherirrt. Erwarten was von drauß, vom feindlichen Leben
ans Wärmende strebt mit markigen Schritten, erneut die
Haut eines Erlegten über der Schulter. Er, der anderen etwas
über die Ohren zieht, keinen Kampf scheuend und nicht
scheu ins Haus schleicht, den Wilden, den Männlichen für
einige Zeit zu vergessen.

Heide Berger

Entweder - oder?

„Mama mia", sagte die Madonna, stieg vom Sockel, mit dem
sie seit endlosen Zeiten verwachsen war, schüttelte ihr Haar,
dass der Heiligenschein bedenklich in´s Schwanken kam,
raffte ihr blaues Sternengewand und verließ ohne einen Blick
zurück das Gotteshaus.
Die schwere Tür fiel mit lautem Knall in´s Schloss. Sie hatte
genug davon für Gotteslohn jahrein, jahraus den Mülleimer
zu spielen, den vor ihr knienden Sündern Vergebung zu
erteilen, Beistand für Mutter und Mann. Entweder – oder,
ging es ihr durch den Kopf, in dem sich all die geflüsterten
Lügen so hoch stapelten, dass es Zeit war ihn zu leeren.
Durchlüften, den Wind um die Nase wehen lassen, Platz
machen für Neues, niemals Erfahrenes.
Ob dieser ungeheuerlich gotteslästerlichen Gedanken stoben
die Sterne entsetzt aus ihrem Gewand gen Himmel, das nun
an den unaussprechlichsten Stellen durchsichtig geworden,
den Blick auf ihren Körper freigab. „Mama mia", entfuhr es
der Madonna, „Mama mia!"

Heide Berger

Carola in der Dusche

Wenn Carola in der Dusche steht mag sie es am liebsten
heiß – so richtig heiß, dass sich alle Scheiben beschlagen.
Sie liebt es, immer noch ein wenig heißer zu drehen, den
Schmerz zu ertragen, zu spüren wie er sich verwandelt,
angenehm wird.
Normalerweise dreht sie dann, wenn es nicht mehr heißer
geht, auf kalt, nur ganz kurz und springt erfrischt aus der
Dusche.
Heute jedoch bleibt sie wie angewurzelt stehen, das eisige
Wasser prasselt auf sie herab.
Erstarrt sieht sie, wie ihre von der Hitze noch rote Haut
immer blauer wird, die Kälte in den letzten Winkel ihres
Körpers hinein kriecht, ihr ganzer Körper nur noch blau
zittert.
Sie friert schrecklich und doch ist sie nicht kalt, tief in sich
ist sie immer noch ganz warm.
Eine ganze Weile steht sie so unter dem eisigen Wasser,
dann dreht sie langsam wieder warm. Zuerst ganz wenig,
dann immer mehr, bis es wieder richtig heiß ist, das Wasser
fast kocht.
Verzweifelt sucht sie ihren inneren Gegenpol zu dieser
Hitze, diese warme Distanz zur Kälte, so wie vorhin, nur im
umgedrehten Sinn.
Doch da ist nichts, absolut nichts.
Erschrocken und enttäuscht über sich selbst dreht sie wieder
kälter. Im selben Augenblick wird ihr klar, dass es genau das
ist:
Selbst einfach wieder kälter drehen.
Sie steigt aus der Dusche und tut das, was sie schon immer
tun wollte, sich aber nie getraute.

Rolf Holzapfel

Eine nie endende Geschichte

Die Kichererbse fühlte sich in sich scheußlich rund und geschlossen. „Mir ist nach Blöd-Sinn!", quakte sie, hüpfte im Zweihundertfünfundzwanzig-Liter-Lachtränenfaß herum und begegnete dort diesem herrlich albernen Kind, das so gerne mit Erbsen in den weißblaukarierten Himmel schoss, worauf diese auf die Straße zurückfielen und zerplatzten.

Ihre glatte Rundung zersplitterte chaotisch zu einem sorgfältig gegliederten Muster, das die Menschen entzückt anstarrten. Sie gaben sprachähnliche Laute von sich mit denen sie die abstrakten Erbsenmuster erläuterten und siegessicher behaupteten, von diesen Mustern würde das Wohl und Wehe der gesamten Welt abhängen. Sie nickten so überheblich mit ihren Köpfen, dass diese ihnen empört die kalte Schulter zeigten, vom Hals in die Erbsenmuster fielen und sie in Bewegung versetzten.

Die Köpfe voran setzten sich alle in Marsch, überschlugen sich reihum, sangen sich mit Marschliedern in Kriegslaune. Da jeder darauf bestand, sein Lieblingskampflied herauszubrüllen, worauf sich die einen in den kalten Westerwald vertrampeln wollten, während die anderen sich dazu berufen fühlten, gen Engeland zu fahren bemerkte keiner, dass sie gerade das letzte, auf der Heide blühende Blümelein zermalmten.

Das kleinste Erbsenteil, das sich sofort zum Führer berufen fühlte, schlug vor, sich besser gemeinsam im Kreis zu runden um wieder in die Reihe zu kommen, denn nur so wäre es möglich zu einem gesunden Volksempfinden zu gelangen und mit dieser allgemeinen Verrücktheit den Feind dazu zu bringen sich zu Tode zu kichern.

Darauf beschlossen alle Kichererbsen, von nun an nur noch
in Tränen und Trauer zu versauern und sich somit selbst aus
dem Wege zu räumen. Die Menschen jedoch ließen sich
durch nichts aufhalten, sie eilten kopflos weiter, als wäre die
Vernunft hinter ihnen her.

Heide Berger

grauenhaft – rabenschwarz

finale grande

Das Versprechen

Schmerzen machten ihm nichts aus, im Gegenteil, er fand sie
geil. Ob gedemütigt zu werden oder quälende Handlungen,
Eugen Weller liebte die Schmerzen, ganz egal welche Rolle
er dabei spielte.

Schon als kleiner Junge war es eine Freude für ihn, Bienen
oder Wespen zu fangen, sie so lange zu reizen bis sie ihn
stachen, um ihnen hinterher genüsslich die Beine einzeln
auszureißen. Manchmal zerdrückte er sie auch ganz langsam
zwischen Zeigefinger und Daumen, dabei hielt er die
Insekten dicht ans Ohr, in der Hoffnung sie während ihres
Sterbens schreien zu hören.

Seine erste Schmerzerfahrung machte er 2 Monate nach der
Zeugung.
„Machen Sie mir das Ding weg", sagte seine Mutter nur, als
sie einen vom Alkohol gezeichneten Arzt aufsuchte der
seinen Lebensunterhalt mit der Beseitigung ungewollter
Schwangerschaften verdiente.
„Das macht 200 Mark, bezahlt wird im Voraus. Dafür kann
ich's gleich erledigen, wenn Sie ne halbe Stunde Zeit haben",
erwiderte der Engelmacher während er bereits seine
Instrumente mit einem ausgedienten Küchenschwamm
reinigte.
Es waren nicht mehr als zwei lange Haken,
stricknadelähnliche Metallstäbe mit umgebogener Spitze.
Nach deren Säuberung deutete er auf den
Untersuchungsstuhl. „Machen Sie sich frei."
Ella Weller streifte hastig Rock und Unterwäsche herunter,
erleichtert darüber, die Frucht in ihrem Leib endlich los zu
werden.
Eugens Mutter ahnte dabei nichts von dem Willen des
Embryos leben zu wollen, selbst wenn er sich dafür dem
Bösen versprechen musste.

Der Arzt erblindete kurz nach dem Eingriff, ein schlechter
Schnaps war wohl schuld daran. Eugens Mutter ignorierte
ihre Schwangerschaft. Sie starb am Tage der Geburt ihres
Sohnes an unstillbaren, starken Blutungen.

17 Jahre später, Eugen Weller stand an einem langweiligen
Montag Morgen als angehender Schreiner an der
Schleifmaschine der Firma Kopf und schliff eines seiner
Stemmeisen scharf. Er tat dies mit Hingabe und Präzision,
testete zwischendurch immer wieder die Schärfe, indem er
die Haare seines Unterarmes zu rasieren versuchte. Man
könnte meinen, er wolle damit die perfektesten Zinken
anfertigen die je ein Schreiner von Hand gemacht hat.
Leider jedoch waren ihm weder Interesse, noch ein
besonderes Geschick für irgendwelche Eckverbindungen zu
eigen.
Eugen hasste die Arbeit, lieber wäre er in der Metallbranche.
Schönes, kaltes, hartes Metall interessierte ihn viel mehr.
Nein, es war die Vorfreude, die ihn so hingebungsvoll das
Eisen schleifen ließ. Die Lust auf den Schmerz, den er gleich
verspüren würde, wenn er sich, ganz aus Versehen, mit
seinem Werkzeug eine tiefe Schnittwunde beibrächte.
In Gedanken stellte sich Eugen vor, das warme Blut
pulsierend aus der Wunde rinnen zu sehen. Sein Pulsschlag
stieg und es kribbelte in seinem Bauch.
Das Eisen war nun scharf genug. Er setzte die Ecke der
Klinge auf den linken Handrücken und begann sich die
Schneide in das Fleisch zu drücken.
Eugen konnte seinen masochistischen Plan nicht ausführen.
Baumann, sein Lehrmeister, trat genau in diesem Augenblick
zu ihm. Mürrisch und bestimmend fuhr er seinen Lehrling
an: „Wie lange willst du Taugenichts noch an der
Schleifmaschine rumstehen? Du gehst augenblicklich an die
Hobelbank zurück und erledigst deine Arbeit. Vorher
bringst du mir noch einen Kaffee, aber ein bisschen zügig!"

Eugens Lippen und Augen wurden schmal vor Zorn, ohne
ein Wort der Widerrede lief er zum Aufenthaltsraum wo der
Kaffeeautomat stand.
Langsam plätscherte das braune Wasser aus den verkalkten
Düsen in den Plastikbecher. Immer noch wütend über die
Unterbrechung seines Vorhabens, starrte Eugen mit
geballten Fäusten in den bereits fertigen Kaffee.
Regungslos und nur das vertraute Böse in sich spürend,
hörte er nicht die Rufe seines Meisters. Er achtete auch nicht
auf den Schatten, den sein Körper durch das nackte
Neonlicht an die kahle Wand des Aufenthaltsraumes
projizierte. Unaufhaltsam und unbemerkt veränderte sich
dieser Schatten obwohl Eugen wie erstarrt da stand.
„Dein Versprechen, hier und jetzt", hörte er sich selber
denken. Die Wörter wiederholten sich in ständig gleichem
Tonfall. Eugen fühlte sich geborgen wie nie zuvor.
Während dessen wurden die Rufe von Baumann dringlicher,
lauter, nun waren auch seine Schritte zu hören, stramme
Soldatenschritte. Die Härte dieser Gangart verriet den Ärger
des Meisters und er kam schnell näher.
Eugen aber stand weiter wie angewurzelt da, blickte auf den
Plastikbecher mit dem inzwischen lauwarmen Kaffee und
sein Schatten wurde bei gleichem Lichteinfall immer kleiner.
In dem Augenblick als Baumann mit hochrotem Kopf den
Raum betrat, war mit seinem Schatten auch Eugen
verschwunden.
Er hatte den Teufel zum Paten und die Zeit war reif, um den
seelenlosen Körper zu holen.
Leider spürte Eugen nichts von der millionenfachen
Verkleinerung und der Fähigkeit, sich ständig zu vermehren,
sobald ein menschliches Wesen als Opfer vorhanden war.
Eugen Weller wurde zu einem unbekannten, äußerst
aggressiven und absolut tödlichen Virus.

Wütend schnaubte der Meister, der inzwischen im scheinbar
leeren Aufenthaltsraum nach seinem sonderbaren Lehrling

suchte. Fluchend sog er mit seinem Atem die todbringende
Luft bis tief in seine Lungenspitzen.
Noch bevor er in die Werkhalle zurückkehren konnte,
quollen ihm die Augen aus den Höhlen, veränderte sich
sämtliche Körperflüssigkeit zu kaugummiähnlicher Masse.
Der ganze Leib zog sich entsetzlich zusammen.
Baumann schnappte nach Luft. Die Hautfarbe änderte sich
in Sekunden von Rosig zu bläulichem Schwarz.

Laut Autopsie ist er nicht erstickt. Auch wurde kein
plötzlicher Herzstillstand festgestellt. Man vermutet, dass es
die Schmerzen waren, denen er erlag. Der Fall wurde
vorzeitig eingestellt, da der Pathologe noch am selben Tag
an ähnlichen Symptomen jämmerlich dahinschied.

Die Schreinerei Kopf hat vorübergehend wegen
Arbeitsmangel geschlossen, aber das macht nichts. Es gibt
sowieso keine Arbeiter mehr die ein Möbelstück anfertigen
könnten, ganz zu schweigen von jemandem, der ein solches
bräuchte, es sei denn es handle sich um einen Sarg, was sich
allerdings auch nicht lohnt, da keiner mehr da ist, der ihn
mir zumachen würde.

Bettina Lindner

Das Musikzimmer

Achim liebte die Musik. Am liebsten saß er alleine in seinem Musikzimmer, ein Heiligtum, das die Familie nur mit seiner Genehmigung betreten durfte. Hier war seiner Meinung nach der einzige Ort im ganzen Haus, an dem er es sich so richtig gemütlich machen konnte.

Immer wenn er das Zimmer betrat, benutzte er die gleichen Rituale, die von seiner Frau großzügig belächelt und von den Kindern hingebungsvoll bewundert wurden. Achim wusste wie gern die Kinder das Zimmer betraten, mit welcher Ehrfurcht sie sich in diesem kleinen Raum bewegten und das machte ihn stolz. Natürlich erlaubte er es ihnen nicht zu oft, denn er wollte, dass es etwas Besonderes blieb. Achim war nicht bereit diese vier Wände mit anderen Menschen, die seine Liebe zur Musik niemals verstehen würden, zu teilen. Manchmal, abends nach der Arbeit, wurde Achim von solch einer unerklärlichen Unruhe gepeinigt, dass er zitternd nach dem Schlüssel tastete, den er ständig um den Hals trug, sein Zimmer aufsperrte und es gewissenhaft nach verräterischen Spuren durchsuchte, die sein Reich entweiht hatten. Meistens fand er jedoch nichts, was ihn aber nicht wirklich zufrieden stellte. Bewies dies doch nur die Geschicklichkeit der Eindringlinge, die hartnäckig versuchten, ihm diesen einzigen Zufluchtsort zu zerstören. Er war sich vollkommen sicher, dass der Neid der anderen groß genug war um ihm alles zu nehmen. Deswegen musste er vorsichtig sein und durfte keine Nachlässigkeit begehen, sonst war alles verloren. Und an manchen Tagen, da war er sich absolut sicher, war jemand in dem versperrten Raum gewesen, auch wenn seine Frau dies zornig abstritt. Sie war gerissen, er hatte diesen Funken in ihren Augen gesehen, aber trotz seines verzweifelten Grübelns hatte er das Rätsel, wie sie an einen Zweitschlüssel gekommen war, noch nicht gelöst. Über den vergeudeten Abend, den er mit seinen beiden Kindern alleine im Musikzimmer verbracht hatte, ärgerte er sich noch heute. Die Kinder, vor Freude aufgedreht wie eine Spieluhr, die sich immer wieder selbst aufzieht, plapperten ununterbrochen, doch auf seine drängenden Fragen wollten sie nicht antworten. Wie nur hatte es seine Frau schaffen können, die Kinder ganz seinem Einfluss zu entziehen? Durften die Kinder ihm nicht jeden Abend einen Gute-Nacht-Kuss auf die Wange geben? Nein, er verstand einfach nicht, wieso die Kinder kein Vertrauen zu ihm hatten. Aber eines Tages würde er seine Frau überlisten und sie auf frischer Tat ertappen.

Maria stand vor dem Spiegel und lächelte. Dies wird mein Abend, flüsterte sie ihrem Spiegelbild zu, er wird ganz mir gehören. Sorgfältig hatte sie sich geschminkt und ihr langes, braunes Haar hochgesteckt. Acht Jahre waren sie heute verheiratet. Manchmal konnte sie es nicht glauben. Wenn sie wütend auf ihren Mann war, dann kamen ihr diese acht Jahre wie eine halbe Ewigkeit vor, dann wieder, wenn er sie mit diesem verführerischen Lächeln ansah und die kleinen Fältchen an seinen Augen zu sehen waren, wenn er sich mit den Fingern durch das struppige Haar strich, dann schmolz sie dahin und es war ihr, als wäre es erst gestern gewesen, dass sie ihn auf dem Schulhof kennengelernt hatte. Vor Aufregung über ihren ersten offiziellen Schultag hatte sie ihn damals umgerannt. Sie hatte eine Entschuldigung gestammelt und in diese wirklich blauen Augen gestarrt, hatte dabei vergessen, dass man einen Fremden nicht so unverhohlen anglotzt. Er hatte sie aus ihrer Trance geweckt, indem er ihr zärtlich auf die Nase stupste. Beschämt hatte sie sich darauf die Schultasche vor die Brust gepresst und war ins Schulhaus gestürmt. Im Lehrerzimmer war sie dann von ihm zum Essen eingeladen worden und als Maria erfahren hatte, dass er kein Lehrer war – sie hatte sich geschworen niemals einen Lehrer zu heiraten – sondern er nur die Drehbank im Werkraum repariert hatte, war es um sie geschehen.

Maria streifte vorsichtig das grüne Spitzenkleid über den
Kopf. Sorgsam trug sie nochmals Lippenstift auf. Sie sah
sehr verführerisch aus und sie wusste es. Voller Erwartung
ging sie ins Wohnzimmer, zündete die Kerzen an, legte eine
seiner Lieblings-CDs ein und wartete. Die Kinder waren bei
ihrer Mutter und so würde der Abend durch nichts gestört
werden.
Achim schloss die Tür auf. Seine Hände zitterten, Schweiß
perlte auf seiner Stirn. Er konnte seine Nervosität nicht
verstehen. Den ganzen Tag hatte er versucht sie zu
unterdrücken. Kurz vor Feierabend hatte er diese Spannung
nicht mehr ausgehalten. Ohne einen Gruß zu seinen
Kollegen war er vom Arbeitsplatz nach Hause geflüchtet. Er
spürte nur noch diesen einen Wunsch, in sein Zimmer zu
gehen und die Musik zu fühlen.
Seine Frau stand im Flur und lächelte ihm zu. Er nahm sie
nur undeutlich wahr. Irgendwie sah sie heute anders aus,
doch darüber wollte er sich jetzt keine Gedanken machen.
Er musste in sein Zimmer und so stob er an ihr vorbei, ohne
ein Wort, streifte, bevor er den Raum betrat die Schuhe von
den Füßen, verharrte kurz aufrecht, wobei er die Arme über
die Brust kreuzte und sich die Hände auf die Schultern legte,
verbeugte sich majestätisch gegen den Raum um sich dann
durch die Öffnung ins Innere zu stürzen. Die Tür flog
krachend ins Schloss.
Gebannt stierte sie auf die geschlossene Tür und sie
brauchte einige Minuten bis sie sich wieder gesammelt hatte.
Dann klopfte sie an die Tür: „Achim, was ist los mit dir?
Bitte schließ auf und lass mich rein!“
„Nein“, schnaubte ihr Mann von der anderen Seite, „geh
weg, ich will alleine sein.“
„Aber warum, Achim. Was ist geschehen? Hast du
vergessen, dass heute unser Hochzeitstag ist?“, ihre Stimme
schwankte zwischen Zorn und Besorgnis.
„Lass mich in Ruhe!“, Achim riss die Tür auf und sah sie
grimmig an. Noch nie hatte sie solche Wut in seinen Augen

gesehen. Erschrocken wich sie zur gegenüberliegenden
Wand zurück.

„Es ist nichts", donnerte er nochmals. „Ich will nur in Ruhe
gelassen werden, in Ruhe, verstehst du? Und ich will auch
die Kinder nicht sehen."

„Die sind bei Oma", stotterte sie verängstigt.

„Gut", erleichtert seufzte er.

„Achim", ihren ganzen Mut zusammennehmend streckte sie
eine Hand nach ihm aus und bewegte sich auf ihn zu.

„Ich will meine Ruhe, sonst nichts!" Er klatschte die Tür zu,
schloss ab und dann hörte Maria noch wie ein schwerer
Gegenstand vor die Tür geschoben wurde.

Marias Beine schlotterten. Verstört stolperte sie ins
Wohnzimmer und ließ sich aufs Sofa sinken. Seufzend
schaltete sie den Fernseher ein. Sie wollte ihm etwas Zeit
lassen, sich zu beruhigen, doch eine innere Stimme sagte ihr,
dass dies nicht so schnell geschehen würde. Maria wartete.

Achim schnaufte. Erst als sein Atem wieder ganz
gleichmäßig ging, schaltete er das Licht ein, dimmte es bis
die Möbel nur noch schemenhaft zu erkennen waren. Neben
seiner Anlage war der Raum nur spärlich möbliert. Ein Sofa
an der akustisch günstigsten Stelle, ein Tischchen davor und
an der Längsseite ein Regal bis zur Decke gefüllt mit CDs,
Schallplatten und Tonbändern. Dazu eine kleine Kommode,
die nun vor der Tür stand.

Achim kniete sich vor seine Anlage, berührte sanft die
Schalter und Knöpfe, dann schaltete er sie ein. Tiefe
Befriedigung überflutete ihn. Dies war sein Werk. Alles was
er hatte selbst machen können, hatte er eigenständig gebaut.
Und die von ihm entworfenen Lautsprecher waren sein
ganzer Stolz. Als er eine CD eingelegt hatte, legte er sich vor
eine seiner Boxen, berührte mit der Hand das Chassis und
fühlte die sanften Schwingungen, das stetige Auf und Ab.
Diese unerklärliche Unruhe, die ihn in den letzten Tagen
immer wieder überfallen hatte und heute unerträglich

geworden war, fiel von ihm ab. Nun war er endlich entspannt, ausgeglichen und völlig eins mit seiner Musikwelt. Zögernd löste Achim seine Hand vom Lautsprecher, er wollte sich aufs Sofa legen und sich ganz diesem Genuss hingeben. Doch irgend eine unsichtbare Kraft zwang ihn wieder die Hand auf den Lautsprecher zu legen, und dann erspürte er, wie Wellen von seinem Körper Besitz nahmen, sich seine Sinne wie ein Sturzbach öffneten und er die Musik auf eine Art wahrnahm, wie er es nie für möglich gehalten hatte. Die Töne waren nicht nur Hören sondern sie waren auch Sehen, ineinander verwobene Farben, in immer wieder sich ändernden Mustern. Und dann dieses Fühlen. Noch nie war Achim von so starken Empfindungen beherrscht gewesen. Staunend lag er auf dem Teppich, die Hand immer noch auf dem Chassis und ließ alles einfach geschehen. Dann war es vorbei. Benommen richtete er sich auf. Die Stimmen, die er in seinem Kopf gehört hatte waren ebenfalls verschwunden, doch sie hatten versucht ihm etwas zu sagen. Er konzentrierte sich und dann stand ihm alles so klar vor Augen als ob er es schon immer gewusst hätte. Achim stand auf, klemmte eine der Boxen ab, nahm einen Schraubendreher vom Regal, öffnete das Gehäuse und entfernte einen Lautsprecher. Als er dies getan hatte, blickte er etwas irritiert die Box an. Sein Verstand sagte ihm, dass es vernünftig wäre den Lautsprecher wieder einzubauen aber er blieb einfach nur sitzen und wartete. Und dann fing es an, erst zaghaft dann immer schneller. Sein Inneres löste sich auf, nicht schmerzhaft und Achim glaubte auch nicht, dass es wirklich geschah, aber es war so ein Gefühl, als wenn dort Platz für was Neues geschaffen werden müsste. Er wollte aufstehen um eine neue CD einzulegen, doch es gelang ihm nicht. Entsetzt starrte er auf den Fleck an dem seine Beine hätten sein müssen. Doch es gab keine Beine mehr, nur ein rundes Etwas, das hin und her wackelte und sich nur noch mühsam im Gleichgewicht halten konnte. Achim schrie oder besser gesagt er wollte schreien, aber kein Ton entrang sich

seiner Kehle und dann löste sich Achim auf. Zumindest der
Achim, der er bis dahin gewesen war, ein kleiner Rest seines
Verstandes wurde hinüber gerettet in sein neues Leben.
Maria klopfte gegen die Tür und rief seinen Namen. Sie
versuchte ruhig zu bleiben, aber sie hatte Angst. Dass Achim
überhaupt nicht reagierte war noch nie vorgekommen.
Verzweifelt versuchte sie, die abgesperrte Tür zu öffnen.
Doch es gelang ihr nicht. Schließlich rief sie ihren Schwager
Bert an und bat ihn inständig zu kommen.
„Vielleicht hatte er einen Herzinfarkt", begrüßte sie ihn
kurze Zeit später.
„Keine Angst, Maria. Ihm wird schon nichts passiert sein",
lächelte er sie beruhigend an. Doch als Achim auch bei ihm
nach mehreren Minuten Klopfen und Rufen nicht reagierte,
wurde auch Bert nervös. Irgendwie gelang es ihm das
Schloss zu knacken und gemeinsam schafften sie es, die
Kommode wegzuschieben. Maria konnte später nicht sagen
wie sie es gemacht hatten, aber schließlich stand die Tür
einen Spalt offen und sie schlüpfte mit klopfendem Herzen
in den Raum. Zuerst dimmte sie das Licht vollständig an.
Bestürzt sah sie sich im Raum um.
„Maria, was soll das?", verärgert schubste Bert sie beiseite.
„Achim ist doch gar nicht hier."
„Er war hier!"
„So", er runzelte unwillig die Stirn.
„Und wer glaubst du, hat die Kommode vor die Tür
geschoben?"
„Na gut, ich glaube dir", beruhigte Bert seine Schwägerin.
„Wahrscheinlich wollte er dir nur einen Streich spielen und
ist zum Fenster raus."
Maria antwortete ihm nicht, sondern zog die schweren
Vorhänge an der gegenüberliegenden Wand zurück.
Dahinter kam ein Fenster zum Vorschein, das von außen
vergittert war.

„Achim hat das Gitter anbringen lassen. Er wollte so sein Zimmer vor unerwünschten Gästen schützen. Achim muss den Raum durch die Tür verlassen.“
Bert zuckte resigniert die Schultern. Er hasste Rätsel und dieses war ihm einfach zu schwierig.
„Jedenfalls wollte er gerade die Box umbauen.“
Etwas Seltsames beschlich ihn und nahm ihn gefangen. Bert versuchte es abzuschütteln, aber es gelang ihm nicht. Und dann beobachtete Maria verblüfft, dass Bert wie hypnotisiert nach dem Schraubendreher griff und ohne zu zögern den Lautsprecher, der näher vor dem Gehäuse lag, nahm und ihn sorgfältig einbaute. Dann schloss er die Box und ließ die CD laufen. Als das erste Lied aus dem Lautsprecher ertönte erschien es ihr, als ob Bert aus einer Trance erwachen würde. Entsetzt ließ er den Schraubendreher fallen. Er war weiß wie eine Wand geworden und einen Moment hatte sie Sorge, dass er einfach umfallen würde.
Und dann standen sie beide nur da und lauschten der Musik.
„Bert, hörst du das nicht, dieses Murmeln? Der Lautsprecher will mir etwas sagen“, ihre Finger krallten sich in seinen Oberarm. Bert riss sich los, zog sie nach draußen und führte sie ins Wohnzimmer. Willenlos ließ sie sich aufs Sofa setzen. Sie war völlig verstört. Irgend etwas stimmte nicht. Etwas war nicht wie es sein sollte. Ihr Schwager drückte krampfhaft Marias Hände und redete beruhigend auf sie ein. Doch sie war nicht in der Lage, seinen Ausführungen zu folgen und so merkte sie auch nichts von seiner Nervosität. Sie nahm kaum wahr wie er ging. Maria war wie gelähmt. Sie hatte Angst, eine Angst wie sie sie bisher noch niemals in ihrem Leben gehabt hatte. Sie spürte wie sich die Haare auf ihren Armen aufrichteten, als ob sie von etwas Unbegreiflichem gestreift wurden. Eine Art von Energie, etwas so Unheimliches, dass sie nicht weiter darüber nachdenken wollte und schon gar nicht wollte sie das Musikzimmer wieder betreten. Aber Maria stand trotzdem auf. Es war, als würde sie von einer Macht an einem unsichtbaren Faden ins

Zimmer zurückgezogen. Der Raum war immer noch hell
erleuchtet. Zögernd legte sie eine neue CD in den CD-
Spieler und setzte sich auf das Sofa. Sie versuchte sich zu
erinnern, wann sie das letzte Mal hier gesessen war. Aber es
wollte ihr nicht einfallen. Es war einfach schon zu lange her.
Es schien ihr wie eine Ironie des Schicksals, dass sie nun hier
alleine in seinem Zimmer saß und Achim einfach daraus
verschwunden war. Hinter der Musik hörte sie immer noch
dieses leise Murmeln. „Meine gereizten Nerven“, beruhigte
sie sich selbst, „spielen mir einen Streich.“ Das Unheimliche,
das sie vorher gespürt hatte, war verschwunden. Ihr Körper
schrie nach Schlaf, ihr Kopf war leer und weigerte sich
weiter über diesen seltsamen Abend nachzudenken. Müde
legte sie sich in ihrem grünen Spitzenkleid lang und deckte
sich mit Achims Decke zu. Sanft glitt sie hinüber ins Reich
der Träume, während Achim im Rhythmus der Musik hin
und her schwang.

Monika Krüger

Finale grande

„Kurzgeschichten sind ideal für Einsteiger", sagte man mir bei Kursbeginn. Und tatsächlich: Eine einfache überschaubare Handlung, wenig Personen, der Stoff dafür liegt gleichsam in der Luft. Fast jeder erlebt täglich irgendetwas, aus dem sich eine Kurzgeschichte basteln lässt. Allein mit einer auch nur halbwegs noch kindlichen Fantasie birgt selbst ein abgerissener Schnürsenkel eine lustige Kurzgeschichte in sich, eine dramatische Kurzgeschichte, eine melancholische Kurzgeschichte, eine erotische . . ., die Reihe ließe sich fast beliebig fortsetzen.

Kurzgeschichten haben zudem den Vorteil, dass eine bestimmte Stimmung sozusagen nur über eine kurze Strecke hin gehalten werden muss. Das kommt den zwangsläufig noch bescheidenen handwerklichen Fähigkeiten eines Anfängers entgegen. Außerdem, so wird dem Neuling klargemacht, erhöhen sich die Chancen, dass ein unverhoffter Leser auch zwei oder gar drei Kurzgeschichten von ein und demselben Anfänger liest. Bleibt ihm, dem Leser, immerhin die Zuversicht, dass die zweite oder doch die dritte Kurzgeschichte spannender, ansprechender, flüssiger geschrieben ist als diejenige, die nun gerade das Pech hat, als erste gelesen zu werden.

Schon bei einem Kurzroman besteht dagegen die Gefahr, dass der Leser bereits nach wenigen Seiten die Qualität des ganzen Machwerks für durchschaut hält und das handsignierte Bändchen achselzuckend zu den Geschenken für Tante Elfriedes nächsten Namenstag legt. Einigermaßen sicheren Schutz gegen dieses schlimmste aller Bücherschicksale - grausamer als eine Verbrennung vor johlender Menge - bietet nur, die persönliche Widmung mit einer möglichst weit heruntergekommenen Füllerfeder tief in die Innenseite des Deckels zu kratzen. Keinesfalls darf der Name des Beschenkten sowie der Anlass fehlen. Zum

Beispiel: „Dem lieben Onkel Stanislaus zu Weihnachten 2001 - Franz Pillinger, Schriftsteller" - wer seinen Leserkreis etwas fordern möchte, kann auch „Literat" hinkraxeln.

Sicher verrate ich mit meiner Feststellung, dass der Inhalt nur eine untergeordnete Rolle spielt, nichts grundlegend Neues. Die Verpackung ist es, die darüber entscheidet, ob der Inhalt angenommen wird. Als erwachender Künstler ist man ja schon zufrieden, wenn überhaupt nur etwas von einem gelesen wird. Das schnöde Feilschen um Auflagenhöhen liegt mir fern.

Nun werden natürlich auch an Kurzgeschichten gewisse Mindestanforderungen gestellt. Als absolutes Muss schlechthin gilt eine klar durchschaubare Gliederung in Anfang, Hauptteil und Schluss. Als mir vor einigen Jahrzehnten mein Deutschlehrer dieses eherne Gesetz mit allem verfügbaren pädagogischen Geschick einzutrichtern versuchte, glaubte ich ihm das ebenso bereitwillig wie seinen zweiten Lebensgrundsatz, nach dem erst die Lektüre von Kleist und Dürrenmatt den Schüler zum Menschen erhebt.

Diese drei Eckpfeiler, Anfang, Hauptteil und Schluss verdienen es jedoch durchaus, etwas näher beleuchtet zu werden. Zum Beginn etwas zum Anfang. Er ist die Tür, durch die ich den potentiellen Leser gleichsam in das handlungsschwangere Haus des Hauptteils zerre. Sozusagen mit der Tür ins Haus zu fallen gilt auch in der Literatur als regelrecht unfein und bleibt den wahren Meistern des Wortes vorbehalten. Debütanten wie mir, würde solch ein Fauxpas sämtliche Karrierechancen für immer zunichte machen. Schon zu viele Kollegen mussten erfahren, dass sich Leser nur mit Feingefühl straflos schockieren lassen. Natürlich braucht eine Kurzgeschichte - um im Bilde zu bleiben - kein riesiges Portal.

Mit einem Erdbeben der Stärke acht den Fund einer vom
Urgroßvater im Sandkasten verlorenen Gartenschere
anzukündigen, dürfte also um Meilen zu hoch gegriffen sein
- selbst dann, wenn ich die besagte Schere im Hauptteil zum
Tatwerkzeug eines Lustmordes an einem liebestoll
mausenden Hauskater hochstilisiere. Und die Beschreibung
eines herabschwebenden Blattes als Auftakt zu einem
Meuchelmord im Aufzug einer Tiefgarage mit
anschließendem Meteoriteneinschlag mag allenfalls bei einer
Romantrilogie hingehen, nicht aber bei einer
Kurzgeschichte.

Zum Hauptteil wäre nur so viel zu sagen, dass darin
möglichst die eigentliche (Kurz-)Geschichte stattzufinden
hat.

Seine wahre Meisterschaft beweist der Kurzgeschichten-
Schreiber jedoch im Schluss. Mit ihm entlässt er den Leser
wieder in die triste Alltagsbanalität. Ich behaupte, dass die
meisten Leser sich auch an miserable Kurzgeschichten
erinnern, wenn nur der Schluss einigermaßen gekonnt war.
Es erscheint tatsächlich nur übertrieben, dass bei einem
meisterhaft eleganten Schluss eigentlich Anfang und
Hauptteil glatt weggelassen werden können. Es käme auf
einen Versuch an.
Ob der Schluss nun die „Moral von der Geschicht" oder die
Auflösung des Kurzkrimis enthält - sein wichtigstes
Merkmal ist zweifellos seine Kürze. Kaum etwas tötet mehr
Nerven als ein langer Schluss. Das gilt für Reden honoriger
Vereinsvorstände und applauslüsterner Politiker ebenso wie
für Kurzgeschichten. Dabei sind die Leser einmal mehr klar
im Vorteil gegenüber den Hörern. Sie können nämlich
einfach durch Vorblättern erkunden, wie viele Seiten es denn
noch bis zum Anfang der nächsten Kurzgeschichte sind.
Wahre Freunde der Schreibkunst stöhnen dann höchstens
gequält auf und blättern heldenhaft wieder zurück. Diese

Spezies ist jedoch so rar, dass weltweit keine fünf
Schriftsteller- und Verlegerfamilien samt Schwiegersöhnen
davon satt werden könnten. Allein schon deshalb,
allerwerteste Leserin, allerwertester Leser, ist ein guter
Schluss so unendlich wichtig.

Mein freimütiges Eingeständnis, dass zwar nicht die Kunst
des Schlusses an sich, sondern lediglich seine Beschreibung
meine derzeitigen Fähigkeiten noch übersteigt, mag Sie
meinen etwas durchsichtigen Kunstgriff verzeihen lassen:
Der Schluss dieses Elaborats soll Ihnen selbst als
anschauliches Beispiel dienen.

Maupassant wälzte sich angeblich einmal drei Tage im Staub
seiner Schreibstube - aus purer Verzweiflung, weil ihm nach
seiner Ansicht kein passender Schluss zu einer seiner
zahlreichen Novellen einfiel. Solches Gebaren ist mir fremd.
Ich gestehe jedoch, dass mich eine gewisse Unsicherheit
beschleicht. Denn wo finde ich - im äußersten aller
Notfälle -, heute noch, außer auf Kirchenbühnen, soviel
Staub um mich darin wälzen zu können? Man möchte sagen,
dass mit der Erfindung des elektrischen Staubsaugers der
Niedergang des literarischen Schlusses im gesamten
Abendland eingeläutet wurde. Heutzutage bleiben solch
heroische Gesten ausschließlich den Genies vorbehalten, die
Ihre Stromrechnung nicht bezahlen konnten.

Ein bestimmtes „Basta" oder „Punktum" mag zwar einem
Politikerstatement das notwendige Gewicht hinterher
werfen. Meiner Abhandlung möchte ich dies ersparen. Und
Ihnen selbstverständlich auch. Es wäre doch schon sehr
undankbar, wo Sie offensichtlich immer noch nicht das
Büchlein zugeklappt und zu den Geschenken für die besagte
Tante Elfriede gelegt haben.

Verzeihen Sie mir - ich habe das Ganze übers Wochenende
liegengelassen. Ich hoffte einfach auf eine Inspiration, was
sich einmal mehr als Trugschluss entpuppte. Nur ist eben
ein Trugschluss, wie schon das Wort sagt, ein Trugschluss

und damit meinetwegen für eine wissenschaftliche
Abhandlung geeignet, jedoch nicht für Belletristik.

Letzte Woche unterbreitete ich einem Kurskollegen, den ich
- rein zufällig - in der Stadtbücherei traf, mein Problem.
Seine Idee, Sie einfach zu bitten, mit Lesen aufzuhören,
erschien mir auf den ersten Blick verlockend. Nach zwei
Nächten beschloss ich, solch billige Effekthascherei
weiterhin zu verabscheuen. Nein, ich möchte, dass Sie mich
trotz meiner gelegentlichen literaturhandwerklichen Mängel
wenigstens als jemanden in Erinnerung behalten, der
zumindest nicht so leicht aufgibt. Und schließlich sollen Sie
Ihr teures Geld nicht für einen miserablen Schluss
hinausgeworfen haben.

Traudl, meine Frau macht sich Sorgen. Meine kürzlich
mitten in der Nacht heraus geschriene Frage: „Mein Gott,
wie mache ich bloß Schluss?“, ließ sie zunächst unsere Ehe
in Gefahr wähnen. Meine Ausrede, dass ich unsäglich unter
meiner Nikotinsucht leide, glaubt sie mir nicht. Sie lässt
mich seither kaum mehr alleine.

Der Herbst neigt sich dem Winter zu, das Jahresende naht.
Die Natur erinnert mit aller Macht an die Endlichkeit. „Ja, ja,
so hat eben alles ein Ende“, denke ich und lächle bitter. Zum
ersten Mal erfasse ich die Weisheit solcher in unseren
Kreisen strikt verpönten Plattheiten. Irgendwann hat auch
meine Geschichte ein Ende. Ja, ein Ende wird sie haben,
aber keinen Schluss.

Beethoven fällt mir ein. Er leistete sich den genialen
Interruptus am Ende seiner Neunten erst nach acht
vollendeten Symphonien. Es schmerzt, diese Größe zu
empfinden. Oder wird hier etwa gemeinhin Ursache und
Wirkung vertauscht? Vertuschen die Musikhistoriker in
unheiliger Einmütigkeit, dass Beethoven nur im

Treppenhaus genügend Staub fand und unglücklich stürzte?
Allein der fast endlose Schluss seiner Fünften könnte ein
Indiz dafür sein. Ich werde mir heute abend die beiden
Werke ein paar mal in aller Ruhe anhören. Und dann, wenn
Traudl fest schläft, werde ich im Keller mit meiner
Gartenschere, das Kabel an ihrem Staubsauger
verschnipseln.

Ein neuer furchtbarer Gedanke frisst sich in mein Gehirn.
Heimtückisch flüstert mir der neue Dämon immer und
immer wieder die Frage ins Ohr, ob mir auch nur ein einziges Werk aus der Literatur bekannt ist, das völlig ohne
Schluss endet. In der Musik, kommt es ja immerhin
vereinzelt vor, jedoch in der Literatur? Meine Antwort
schmettert mich grausam nieder. Zweifellos gibt es sie
zuhauf, aber sie wurden einfach gleich gar nicht
veröffentlicht - nur weil sie keinen Schluss hatten. Verleger
scheinen nicht gerade ein mutiges Völkchen zu sein.

Ich kann nicht mehr länger vor mir selbst verbergen, was
Ihnen bestimmt schon zur Gewissheit geworden ist: Ich bin
nicht zum Schriftsteller geboren. Und erst einer zu werden,
ist unendlich viel mühsamer, als es im VHS-Prospekt
verführerisch geschildert wird. Spüren auch Sie das
Grandiose dieser Tragik? Es überrascht mich selbst, wie
leicht mir diese Worte jetzt fallen. Kein Schmerz, auch keine
Bitternis, nur ein wenig Trauer. Ja, wie gesagt, oder besser
geschrieben: Nur ein wenig Trauer - und kein Schmerz - und
auch keine Bitternis. Einfach so. Abschied von einem Traum
- und von Ihnen, liebe Leserin, lieber Leser. Ja, ich habe Sie
richtig liebgewonnen und mein Rat an Sie ist deshalb so
ehrlich wie eindringlich: Lassen Sie unbedingt die Finger
vom Schreiben, solange Sie nicht die hohe Kunst des
Schlusses zumindest in ihren Grundzügen beherrschen!

Winfried Moosmann

Die Autoren

Baumbast Wolfgang
46 Jahre, Finanzbeamter
S. 13, 180

Berger Heide
64 Jahre, Poesie Pädagogin, Leiterin der vhs-Kurse
S. 9, 77, 108, 109, 130, 187, 188, 190

Danner Heidi
46 Jahre, Lehrerin für Englisch und Französisch
S. 59, 61, 72, 147, 173,

Holzapfel Rolf
31 Jahre, Landwirtschaftsmeister
S. 51, 189

Krüger Monika
41 Jahre, Diplom Ing. (FH)
S. 19, 116, 122, 161, 167, 196

Ladwig Siebenbrodt Chris
45 Jahre, medizinische Dokumentarin
S. 29, 31, 55, 57, 79, 83

Lindner Bettina
37 Jahre, Krankenschwester
S. 128, 193

Lückert Edith
54 Jahre, Sekretärin
S. 104, 106, 143, 144, 145, 146

Moosmann Winfried
55 Jahre, Verwaltungsbeamter
S. 85, 140, 205

Nachbauer Wolfgang
44 Jahre, haustechnischer Facharbeiter
S. 135, 155

Pahl Gerhard
51 Jahre, Verfahrenstechniker
S. 95, 111

Raab Rosi
68 Jahre, Pensionärin
S. 67, 152

Schefold Petra
29 Jahre, pharmazeutisch – technische Assistentin
S. 50

Single Sandra
26 Jahre, Chemielaborantin
S. 88, 91, 93

Stigler Susi
40 Jahre, Geschäftsfrau
S. 41, 132, 151

Vögele Theresa
48 Jahre, Heilerziehungshelferin
S. 15, 22, 32, 34, 37, 53

Weigelt Wolfgang
52 Jahre, Diplom-Ingenieur
S. 47, 69, 175, 178